W0470915

SÜSSE TÖRTCHEN, SAURE GEHEIMNISSE

EIN TOD-UND-TÖRTCHEN-KRIMI BUCH 5

RUTH HARTZLER

CLEAN WHOLESOME BOOKS

OHNE TITEL

Ruth Hartzler
Süße Törtchen, saure Geheimnisse
Ein Tod-und-Törtchen-Krimi 5
Übersetzung: Rosalinde Weber

Bibelzitate stammen aus der Elberfelder Bibel, SCM Brockhaus, 5. Auflage der Taschenausgabe 2017. Alle Rechte vorbehalten.
Ruth Hartzler
Süße Törtchen, saure Geheimnisse
Ein Tod-und-Törtchen-Krimi 5
ISBN 9781923098190

Titel des Originals:
An Instant Confection
Amish Cupcake Cozy Mystery Book 5
Copyright © 2020 Ruth Hartzler

Übersetzung: Rosalinde Weber, Hannover.

Copyright der Übersetzung © 2024 Ruth Hartzler
Alle Rechte vorbehalten.

Diese Publikation, einschließlich ihrer Teile, ist urheberrechtlich geschützt. Sie darf ohne vorherige ausdrückliche Genehmigung der Autorin weder auszugsweise noch in Gänze in irgendeiner Form oder auf irgendeine Weise reproduziert, vervielfältigt, kopiert, aufgenommen oder in einem Datenabrufsystem gespeichert oder übertragen werden. Dies gilt insbesondere für die elektronische oder sonstige Vervielfältigung, Übersetzung, Verbreitung und öffentliche Zugänglichmachung.

KAPITEL 1

Ich war froh, an diesem Tag nach Hause zu kommen. Ich freute mich auf die Renovierung meines neuen Heims. Ich hatte das Haus von meiner Schwester und ihrem Mann gekauft, amischen Bauern, die auf dem angrenzenden Hof lebten. Ich hatte die Amischen vor vielen Jahren verlassen und jahrelang in New York mit meinem damaligen Ehemann gelebt, der mir an meinem fünfzigsten Geburtstag eröffnete, dass er sich von mir scheiden lassen würde.

Die Achtzigjährigen, Matilda und Eleanor, lebten mit mir in meinem neuen Haus, zusammen mit ihrer lustigen kleinen Katze, Mr. Crumbles.

Matilda und Eleanor hatten ziemlich fragwürdige Einrichtungsideen und hatten das Wohnzimmer bereits nach ihrem eigenen Geschmack dekoriert, der aus leuchtenden und zusammenstoßenden Primärfarben bestand. Meine Schwester war fast in

Ohnmacht gefallen, als sie es zum ersten Mal gesehen hatte. Ich war fast in Ohnmacht gefallen, als ich die Waffen an einer Wand sah: Dolche, Schwerter, Keulen, Schlagstöcke, Schlagringe, Bögen und Shuriken.

Sie versicherten mir, dass die Waffen nur zur Dekoration dienten, aber ich war mir da nicht so sicher.

Trotzdem würde ich die Waffen nicht mehr lange ertragen müssen. Sie würden bald in einen Teil des Hauses verlegt werden, der bis dato abgetrennt war. Es gab nicht einmal ein Fenster. Aus irgendeinem Grund war es vor Jahren von der Person zugemauert worden, von der meine Schwester und ihr Mann das Haus und das Land gekauft hatten.

Ich fragte mich, was sich dort drin befand. Matilda und Eleanor hatten mir versichert, dass sie bis zum Ende des Tages einen Weg in diesen Teil des Hauses finden würden.

Ich kicherte in mich hinein, als ich in die unbefestigte Zufahrt zu meinem Haus einbog. Ich fuhr an den Feldern mit Matilda und Eleanors schrecklich unerzogenen Ziegen vorbei. Glücklicherweise stellten sie ausnahmsweise einmal nichts Ungebührliches an.

Ich freute mich darauf, mich an diesem Abend zu entspannen. Ich stieg aus meinem Auto und ging ins Haus. Normalerweise begrüßten mich Matilda und Eleanor. Diesmal war niemand zu sehen, nicht einmal Mr. Crumbles. Ich ging in die Küche, um mir einen

Snack zu holen. Es war immer noch niemand zu sehen. „Das ist seltsam", murmelte ich vor mich hin. Allerdings war ich nicht wie üblich im Cupcake-Laden geblieben, um zu backen, und ich war mehr als eine Stunde früher zu Hause. Vielleicht waren Matilda und Eleanor unterwegs und machten etwas mit einer der Ziegen.

Das war wirklich seltsam. Trotzdem konnten sie nicht weit weg sein. Ich holte ein Stück Shoofly Pie mit feuchtem Boden aus dem Kühlschrank und stellte es auf den Tisch. Ich schnitt ein Stück ab und legte es auf einen Teller.

Ich dachte, ich sollte im angrenzenden Teil des Hauses nachsehen, ob Matilda und Eleanor irgendwie hineingekommen waren, aber dann kicherte ich in mich hinein und schüttelte den Kopf. Es war alles aus Ziegeln. Es gab keine Möglichkeit, dass jemand in diesen Bereich gelangen konnte.

Ich hatte gerade meinen Kuchen aufgegessen, als ich ein Kratzgeräusch hörte. Ich hoffte, dass sich keine Ratten in meinem Haus eingenistet hatten. Ich sah mich um und entdeckte dann, dass das Kratzgeräusch von unter der Spüle kam. Ich bückte mich und bemerkte zum ersten Mal einen Zettel, der an der Tür klebte. Darauf stand:

Jane, wenn du früher zu Hause bist, lass Mr. Crumbles nicht raus. Es ist zu seiner eigenen Sicherheit.

Ich öffnete die Tür einen Spalt und spähte hinein, um ein wütendes Katzengesicht zu sehen.

Die Küchenschranktür flog auf, und Mr.

Crumbles schoss heraus. Es dauerte ein oder zwei Sekunden, bis ich realisierte, dass es eine ohrenbetäubende Explosion gegeben hatte. Ich war mir sicher, dass wir beide für einen Moment in der Luft schwebten. Ich landete hart auf meinem Rücken, und Mr. Crumbles landete auf meinem Gesicht.

„Uff, argh", sagte ich durch eine Mundvoll Katzenfell. Ich rappelte mich gerade noch rechtzeitig auf, um zu sehen, wie Mr. Crumbles aus dem Raum sprintete, jedes Haar zu Berge stehend. Ich war mir sicher, dass meine Haare dasselbe taten.

Was war passiert? Ich taumelte nach draußen.

Matilda und Eleanor erschienen um die Ecke des Gebäudes. „Jane, was ist denn mit dir passiert? Du siehst furchtbar aus", sagte Eleanor.

„Was ist passiert?", fragte ich. Ich wusste, dass die beiden darin verwickelt waren.

Sie tauschten Blicke aus. „Wir sind in den Raum gekommen", verkündete Matilda stolz.

„Moment! War das die Explosion, die ich gehört habe?"

„Ja, Eleanor hat zu viel Sprengstoff verwendet."

„Habe ich nicht!", sagte Eleanor entrüstet. „Ich wollte weniger nehmen, aber du hast darauf bestanden."

„Ich habe nicht darauf bestanden", schnappte Matilda. „Du hast mir keine Meinung dazu gelassen. Schließlich bin *ich* nicht diejenige, die Expertin für Plastiksprengstoff ist." Sie machte Anführungszeichen in der Luft bei dem Wort „Expertin".

Ich umklammerte meinen Kopf mit beiden Händen. „Was - genau - ist passiert?", sagte ich langsam durch zusammengebissene Zähne.

Matilda winkte mir, ihr zu folgen. „Wir sind in den Raum gekommen", sagte sie erneut. „Komm und sieh, Jane!"

Ich verdrehte die Augen und folgte ihnen. Sie hatte Recht. Sie waren definitiv in diesen Teil des Hauses gelangt.

Es klaffte ein riesiges Loch in der Wand. Oder besser gesagt, es gab überhaupt keine Wand mehr, zumindest nicht auf einer Seite. Überall lagen Ziegelsteine verstreut. „Ich bin überrascht, dass das Dach noch drauf ist", murmelte ich verärgert vor mich hin.

Eleanor strahlte übers ganze Gesicht. „Ich weiß, was ich tue", sagte sie. „Diese Plastiksprengstoffe sind chemisch sehr stabil."

Ich biss mir auf die Zunge. Es war besser, wenn ich nichts sagte. Vorsichtig bahnte ich mir meinen Weg über die Ziegelsteine und ging dorthin, wo einst die Wand gewesen war.

„Jetzt müssen wir kein Loch für ein Fenster in die Wand schneiden, oder?", sagte Matilda fröhlich. „Es gibt ja keine Wand mehr."

Ich blieb stumm. Ich traute mich nicht zu sprechen. Ich schaute in das Gebäude. Es war einfach ein ziemlich großer Raum mit Dachsparren oben. Es erinnerte mich an eine Scheunenkonstruktion. „Warum um alles in der Welt haben sie diesen Teil des Hauses abgedichtet?", sagte ich, mehr zu mir selbst als zu irgendjemand anderem.

„Sie haben es offensichtlich von außen zugemauert", sagte Matilda. Sie deutete auf die gegenüberliegende Wand, wo die Tür zugenagelt worden war. „Das erklärt, warum wir diese Tür von innen nicht öffnen konnten."

„Ich muss jemanden beauftragen, die Wand zu ersetzen", sagte ich stirnrunzelnd. „Hoffentlich regnet es nicht vorher."

Ich rechnete im Kopf aus, wie viel es mich kosten würde, eine Wand ersetzen zu lassen. Ich brauchte jemanden, der die Ziegel verlegt, und dann müsste ich Fenster kaufen, vielleicht sogar eine Außentür.

Gedankenverloren betrat ich den Raum, aber Eleanor hielt mich am Arm fest. „Diese Bodendielen sind nicht sicher, Jane." Ich folgte ihrem Blick und sie hatte Recht. In der Mitte des Bodens war ein schmales Loch. „Haben deine Sprengsätze das verursacht?"

Eleanor war offensichtlich gekränkt. „Natürlich nicht, Jane. Ich weiß, was ich mit Sprengstoffen mache."

Ich verschränkte die Arme vor der Brust. „Und *woher* genau hast du diese Fähigkeiten mit Sprengstoffen?"

„Sie schaut sich viele YouTube-Videos an", sagte Matilda blitzschnell.

Eleanor beeilte sich zuzustimmen. Sie nickte heftig. „Genau, genau", sagte sie immer noch nickend.

Ich verengte meine Augen. „Ich gehe jetzt rein und trinke eine schöne Tasse Wiesentee, um meine Nerven zu beruhigen." Mein Atem ging unregelmäßig und ich zitterte.

Eleanor zeigte mit einem Hammer auf die Tür. „Ich werde diese Tür öffnen." Sie wedelte mit dem Hammer, während sie sprach. Mir war gar nicht aufgefallen, dass sie einen Hammer in der Hand hielt.

„Bitte versuche, nicht noch mehr Schaden anzurichten." Vorsichtig bahnte ich mir meinen Weg über die Ziegel und ging um die Hausseite herum.

Mr. Crumbles stand auf der Veranda. Sein Fell hatte wieder seinen normalen Zustand angenommen. „Es war Eleanor", sagte ich zu ihm. „Komm rein, ich gebe dir was zu fressen."

Ich sprach noch, als es erneut eine Explosion gab. Wieder wurde ich nach hinten geschleudert, und wieder landete Mr. Crumbles auf meinem Gesicht.

„Uff. Ähm. Die Tür!", sagte ich mit einer Mundvoll Katzenfell.

KAPITEL 2

Zum zweiten Mal an diesem Nachmittag rappelte ich mich auf und klopfte mir den Staub ab. Mr. Crumbles rannte in die andere Richtung, wieder mit gesträubtem Fell.

Ich war auf dem Weg zurück zu Matilda und Eleanor, als ich das Geräusch eines Autos hörte.

Ich drehte mich um. Zu meinem Entsetzen war es Detective Damon McCloud. Ich hatte ihn nicht mehr gesehen, seit wir uns in der vergangenen Woche geküsst hatten, wonach er zu einem Fall gerufen worden war. Ich fühlte mich ein wenig unbehaglich, ihn nach unserem Kuss zum ersten Mal wiederzusehen, und noch dazu war ich mit Asche bedeckt und musste schrecklich aussehen. Ein seltsamer Geruch umgab mich wie eine Wolke.

Damon sah überrascht aus, als er mich erblickte. „Jane! Was ist passiert?"

Natürlich erzählte ich ihm nichts von den

Sprengstoffen. Ich bezweifelte stark, dass sie legal waren, und ich wollte Matilda und Eleanor nicht in Schwierigkeiten bringen. „Wir renovieren", sagte ich. Das war zumindest die Wahrheit.

Matilda eilte zu uns herüber. „Hallo, Detective McCloud. Ja, wir haben eine Wand eingerissen." Sie hielt einen ziemlich großen, gusseisernen Vorschlaghammer in der Hand. Ich sah sie überrascht an. Sie trug ihn, als wäre er federleicht. Woher nahm diese Frau ihre Kraft? Ich vermutete, dass Eleanor gerade damit beschäftigt war, die Beweise zu beseitigen.

Ich beeilte mich zu sagen: „Bitte, komm doch rein." Ich hoffte, Matilda würde uns etwas Zeit allein geben, aber sie eilte uns hinterher.

„Ich habe Sie eine Weile nicht gesehen, Detective. Es ist schön, Sie wiederzusehen."

Damon nickte und holte etwas unbeholfen einen großen Blumenstrauß hinter seinem Rücken hervor und überreichte ihn mir.

„Oh, die sind wunderschön." Ich steckte meine Nase in die Blüten, wunderschöne rosa Rosen, weiße Rosen und rosa Mini-Nelken. Ich warf Matilda einen vielsagenden Blick zu, aber sie lächelte mich einfach nur an.

Ich zuckte mit den Schultern und ging hinein. Ich stellte die Blumen in eine Kristallvase und platzierte sie auf einem Eichensideboard, das Matilda und Eleanor in ziemlich seltsamen Streifen aus Lila und

Gold, komplett mit Goldglitzer, bemalt hatten. Nun, zumindest war es farbenfroh.

„Ist Eleanor fertig mit dem, äh, *Renovieren*?", fragte ich Matilda.

„Sie müsste jeden Moment kommen."

Sekunden später erschien Eleanor im Wohnzimmer.

„Wo kommst du denn her?", fragte ich sie.

„Ich habe dir doch gesagt, dass ich diese Tür aufkriege", sagte sie. „Jetzt haben wir einen internen Zugang zu diesem Raum."

Damon stand auf. „Ich würde ihn gerne sehen."

„Nein!", sagten wir drei wie aus einem Mund.

„Ich wollte, dass es eine Überraschung wird. Wir werden erst noch ein bisschen daran arbeiten", fügte ich hastig hinzu. „Wie vielleicht die Wand wieder einzusetzen", murmelte ich vor mich hin.

„Es ist seltsam, dass es keinen Zugang zu diesem großen Raum gab", sagte Matilda, während Eleanor davoneilte, um für alle Kaffee zu kochen.

„Ein Raum?", fragte Damon. „Ich dachte, es wäre eher ein großer Abschnitt mit mehreren Räumen."

„Ja, warte, bis du ihn siehst", sagte ich. „Er ist ziemlich groß, aber es ist nur ein einziger riesiger Raum. Ich habe keine Ahnung, wofür sie ihn früher genutzt haben."

„Ich frage mich, warum jemand einen so großen Raum in einem Haus haben sollte."

Plötzlich fiel es mir ein. „Ich weiß! Es war nicht immer im Besitz von Amischen, aber es wurde von einem amischen Paar gebaut. Sie müssen diesen Raum für die Versammlungen genutzt haben."

„Was für Versammlungen hatten sie?", fragte mich Damon.

„Oh, so nennen die Amischen ihre Kirche", erklärte ich ihm. „Sie haben alle zwei Wochen sonntags Versammlungen im Haus von jemandem. Die Leute in der Gemeinschaft wechseln sich damit ab. Vielleicht wollten die Leute, die dieses Haus gebaut haben, einen großen Raum für die Versammlungen."

Damon kratzte sich am Kopf. „Und was passiert, wenn sie es in einem Haus abhalten, das keinen großen Raum hat?"

Ich zuckte mit den Schultern. „Das ist ziemlich üblich. Die Männer sitzen in einem Raum und die Frauen in einem anderen. Die Prediger gehen während der Predigt von einem Raum zum anderen."

„Ja, das würde Sinn ergeben", sagte Matilda, „aber es erklärt nicht, warum er zugemauert wurde."

Damon beugte sich vor. „Er war zugemauert, Jane?"

„Ja, hast du das vorher nicht gesehen? Es gab nicht einmal ein Fenster darin. Es gab eine Innentür. Wir dachten, sie wäre einfach von innen verriegelt, aber als wir im Raum waren, sahen wir, dass sie von innen komplett zugenagelt war."

Damon schien darüber nachzudenken. „Wie seltsam. Also hat jemand die Tür zugenagelt und ist dann aus dem Fenster geklettert, bevor er das Fenster zumauerte."

Eleanor reichte jedem eine Tasse Kaffee. Ich dankte ihr und nickte. „Ja, so scheint es gewesen zu sein", sagte ich. „Oh, da kommt Mr. Crumbles."

Die kleine graue Katze tappte zurück in den Raum. Er sah sich um, als ob er besorgt wäre, es könnte eine weitere Explosion geben. Eleanor hob ihn hoch und setzte ihn auf ihren Schoß. Er schnurrte laut. „Er sieht ein wenig erschrocken aus", sagte Matilda.

„Es sind all die Explosionen", sagte ich, bevor ich mich bremsen konnte.

Damon hob eine Augenbraue. „Explosionen?"

„Ich meinte die explosionsartigen Geräusche mit dem Hammer und dem Vorschlaghammer." Ich lächelte ihn an. „Es gab eine Menge Lärm."

Damon lächelte einfach zurück. Natürlich war er nicht misstrauisch - wer würde schon vermuten, dass ein Paar eigenwilliger Achtzigjähriger Plastiksprengstoff beim Renovieren eines Hauses verwendet? Ich schüttelte den Kopf bei dem Gedanken und fuhr mir dann mit der Hand über die Stirn. Gott sei Dank war der Mann meiner Schwester nicht zu Hause, sonst wäre er im Nu hier gewesen. Ich hatte Glück, dass meine Schwester in ihrem Kuchenladen war und ihre neue junge Assistentin einarbeitete.

Damon stand auf. „Ich muss gehen."

„So bald schon?", sagte ich. „Du bleibst nicht zum Abendessen bei uns?"

„Ich würde gerne, aber ich bin gerade erst in die Stadt zurückgekommen. Ich muss nach Hause, um zu duschen und sehr lange zu schlafen." Er streckte die Hand aus und berührte kurz meine Schulter, was elektrische Schauer durch meinen Arm jagte. „Ich rufe dich morgen an, Jane."

Er nickte Matilda und Eleanor zu. Ich begleitete ihn zu seinem Auto, aber leider folgten mir Matilda und Eleanor. Als wir wieder drinnen waren, sagte ich: „Ich bin überrascht, dass Damon noch nichts zu den Waffen an den Wänden gesagt hat."

„Wir haben nur die legalen dort hängen", sagte Matilda mit einem breiten Lächeln. „Und wir erzählen allen, sie seien Fälschungen, nur zur Dekoration."

„Was? Du meinst, sie sind nicht gefälscht? Und ihr habt *illegale* Waffen irgendwo anders?"

Beide sahen schuldbewusst aus.

„Wir werden *alle* Waffen in dem Raum aufbewahren, sobald er fertig ist", sagte Matilda. „Das ist doch immer noch in Ordnung, oder, Jane?"

Ich beeilte mich, sie zu beruhigen. „Natürlich, dieser Raum ist nur für dich und Eleanor. Ihr könnt damit machen, was ihr wollt. Nur bitte keine Sprengstoffe mehr."

Eleanor runzelte tief die Stirn. „Wir werden keine Sprengstoffe mehr brauchen. Die gesamte

Abrissarbeit ist erledigt. Jetzt geht es nur noch ums Wiederaufbauen."

„Wiederaufbauen", sagte ich mit einem Seufzer. „Ich muss morgen jemanden deswegen anrufen."

„Deine Schwester und ihr Mann werden jemanden kennen", merkte Matilda an.

„Ich werde das zu meiner Renovierungsliste hinzufügen." *Meiner langen Renovierungsliste*, fügte ich in Gedanken hinzu. Wie viel würde das alles kosten?

In dieser Nacht fiel es mir schwer einzuschlafen. Ich hatte ein ungutes Gefühl wegen des neuen Raums, den wir renovierten. Lag es nur daran, dass sie Sprengstoff benutzt hatten, um Zugang zum Raum zu bekommen? Oder war es, weil sie vorhatten, ihre Waffen dort aufzubewahren? Ich hatte keine Ahnung. Was auch immer der Grund war, der Schlaf blieb aus.

Es war Vollmond, und das helle Licht fand irgendwie seinen Weg um die Kanten meiner Vorhänge herum. Ich versuchte, ein Kissen über mein Gesicht zu legen, aber das half mir auch nicht beim Einschlafen. Es war mitten in der Nacht, als ich schließlich aufgab und beschloss, eine Tasse Wiesentee zu trinken. Ich fand Pfefferminze immer beruhigend.

Ich saß in der Küche und drehte meine Teetasse immer wieder herum, als Matilda und Eleanor zu mir kamen.

„Möchtet ihr auch etwas Tee?"

Sie bejahten und setzten sich beide. Während ich

etwas Tee in die Tassen goss, fragte ich: „Konntet ihr nicht schlafen?"

„Ich habe dich hier unten gehört", sagte Matilda.

„Ja, ich habe dich die Treppe herunterkommen hören", stimmte Eleanor zu. „Geht es dir gut, Jane?"

„Ich konnte nicht schlafen."

„Wo ist Mr. Crumbles?", fragte Eleanor. „Er schläft normalerweise in meinem Bett."

Genau in diesem Moment hörten wir ein lautes Jaulen und ein seltsames Geräusch.

Eleanor sprang auf. „Mr. Crumbles!"

„Es kam aus diesem Raum!", sagte Matilda. Die beiden rannten aus der Küchentür, und ich war ihnen dicht auf den Fersen. Eleanor riss die Tür zu dem Raum auf. Es gab kein elektrisches Licht darin, aber der Mond schien hell durch die fehlende Wand.

Aus einem großen Loch im Boden tauchte eine Gestalt auf. Ich keuchte. Es dauerte einen Moment oder zwei, bis ich erkannte, dass es eine Katze war, eine braun gestreifte Katze. „Eine Tigerkatze!", rief ich aus.

Eleanor bewegte sich vorsichtig zu der Lücke bei den fehlenden Bodendielen. „Es ist Mr. Crumbles!", rief sie aus.

„Nein, es ist eine braune Tigerkatze", sagte ich.

Eleanor widersprach. „Es ist Mr. Crumbles, und er ist mit verschiedenen Erdtönen bedeckt."

Ich wartete, bis sich meine Augen angepasst hatten. Tatsächlich war es Mr. Crumbles, aber ich hatte noch nie eine so schmutzige Katze gesehen.

Matilda und ich machten uns vorsichtig auf den Weg zum Loch in den Bodendielen.

„Die Bodendielen müssen nachgegeben haben, und er ist hineingefallen", sagte Eleanor und stellte damit das Offensichtliche fest. Sie blickte nach unten in das Loch zwischen den Bodendielen. „Oh nein!"

Ich rückte näher. „Was ist los?"

Eleanor zeigte einfach als Antwort darauf.

Ich schaute zwischen die Bodendielen. Dort, im Mondlicht schimmernd, lag eine Leiche. Mehr als eine Leiche, es war ein Skelett. Im Schädel steckte eine Axt.

Matilda erschien neben mir. „Oh nein, es ist ein kürzlicher Mord!"

„Ein kürzlicher Mord?", wiederholte ich ungläubig. „Diese Leiche liegt schon seit Jahren hier."

Eleanor schüttelte den Kopf. „Nicht das Skelett. *Diese* Leiche."

Ich beugte mich tiefer und keuchte.

KAPITEL 3

Mir wurde bewusst, dass ich mein Handy in der Hand hielt. Ich hatte es als Taschenlampe mitgebracht. „Ich rufe Damon an."

Gerade als ich das sagte, zitterte meine Hand und ich ließ das Handy in das Loch im Fußboden fallen. „Nein!", jammerte ich. „Was soll ich jetzt machen?"

„Wir können die Polizei von einem unserer Handys aus anrufen", meinte Matilda. „Kein Grund zur Aufregung."

„Doch, den gibt es! Mein Handy ist auf eine Leiche gefallen."

„Ich hole es." Bevor ich protestieren konnte, sprang Eleanor geschickt in die Lücke im Fußboden.

„Eleanor!", rief Matilda aus.

„Mir ist nichts passiert. Es war nur ein kurzer Sprung", drang die körperlose Stimme zu uns herauf.

„Du störst die Beweise." Matildas Ton war

tadelnd. „Was hast du dir nur dabei gedacht, Eleanor?"

„Ich bin nicht in der Nähe einer der Leichen gelandet, und außerdem müsst ihr unbedingt runterkommen und euch das ansehen." Bevor ich protestieren konnte, fuhr sie fort: „Hier ist ein Tunnel."

„Aha! Das erklärt alles." Matilda kniete sich hin und leuchtete mit ihrer Taschenlampe in das Loch. „Eleanor, das Handy?" Sie griff hinein und holte dann mein Handy heraus, das sie mir reichte.

„Könntest du das aus meinen Augen nehmen?", sagte Eleanor.

„Was meinst du?", fragte ich. „Was erklärt alles? Ich habe keine Ahnung, wovon du sprichst."

Matilda stand auf, klopfte sich die Knie ab und wandte sich mir zu. „Siehst du es nicht, Jane? Wie konnte jemand das neuere Opfer unter den Dielen ermorden?"

„Woher soll ich das wissen?", sagte ich. „Ich wollte gar nicht hinsehen."

Matilda schnalzte mit der Zunge. „Das zweite Opfer wurde auch mit einer Axt ermordet, aber nein Jane, ich meinte nicht, wie das Opfer umgebracht wurde. Ich meinte, wie konnte jemand ihn entweder hier ermorden oder seine Leiche hier platzieren? Vergiss nicht, der Raum war seit Jahrzehnten versiegelt. Du hast es selbst gesagt, aber dieses Opfer ist ziemlich neu."

Ich rieb mir kräftig die Schläfen. Ich spürte, wie

sich Kopfschmerzen ankündigten. „Ich verstehe immer noch nicht."

Matilda seufzte. „Du sagtest, dieser Teil des Gebäudes sei seit Jahren zugemauert. Stimmt das?"

Ich nickte. „Ja."

„Und deshalb hatte seit vielen Jahren niemand Zugang zu diesem Raum?"

Ich nickte weiter. „Das stimmt."

„Und Eleanor musste ein Loch in diesen Raum sprengen, um Zugang zu bekommen. Korrekt?"

Allmählich dämmerte es mir. „Oh, ich verstehe! Wer auch immer das spätere Opfer ermordet hat, musste irgendwie in diesen Raum gelangen. Sowohl der Mörder *als auch* das zweite Opfer kamen irgendwie in diesen Raum, aber es gab keinen Weg hinein, bis Eleanor ein Loch in die Seite des Gebäudes gesprengt hat."

„Ich habe Plastiksprengstoff benutzt", sagte die Stimme aus der Grube.

Matilda nickte zustimmend. „Ja, genau, also musste es einen anderen Weg hinein geben, denn sowohl der Mörder als auch das Opfer fanden einen Weg hinein. Es sei denn natürlich, das Opfer wurde woanders ermordet und die Leiche wurde hierher gebracht. Das scheint jedoch unwahrscheinlich, aber ich will dich nicht verwirren."

„Dafür ist es etwas spät." Ich war bereits völlig verwirrt. „Du meintest also, etwas erklärt alles?"

„Oh ja. Eleanor sagte, es gibt einen Tunnel. Der Tunnel erklärt alles. Er bietet einen Weg hinein."

„Aber warum sollte jemand unter ein Gebäude tunneln, nur um jemanden zu ermorden?"

„Höchstwahrscheinlich *zwei* Menschen ermordet", sagte Matilda, „obwohl wir nicht mit Sicherheit wissen, ob die beiden Morde miteinander verbunden sind. Es scheint jedoch sehr wahrscheinlich, da es sich um denselben Ort und dieselbe Mordmethode handelt. Egal, lass uns mal einen Blick auf diesen Tunnel werfen."

Ich beugte mich hinunter und leuchtete mit meinem Handy in das Loch. Mein Handy spendete nur einen winzigen Lichtschein. „Ist es ein alter Eisenbahntunnel? Aber sind wir nicht zu weit von diesen Tunneln entfernt?"

„Nein, nein, nein. Dieser Tunnel ist viel zu klein dafür", rief Eleanor. „Ihr müsst reinkommen und euch das ansehen."

Kalter Schweiß brach mir auf der Stirn aus. „Ich gehe da nicht rein! Und wie würden wir überhaupt wieder rauskommen? Es könnte gefährlich sein."

Matilda tippte mir auf den Arm. „Wir müssen eine Leiter benutzen. Warte hier, Jane."

Während Matilda weg war, steckte ich meinen Kopf wieder in die Grube.

„Kannst du sehen, Jane?", fragte mich Eleanor. „Ich leuchte mit der Taschenlampe auf den Tunneleingang."

„Ich kann von hier aus nicht wirklich etwas erkennen."

Matildas Ankunft mit einer Leiter verhinderte

weitere Gespräche. Sie platzierte sie vorsichtig in den Tunnel. „Du gehst zuerst runter, Jane."

Ich wollte protestieren, erkannte dann aber, dass es keinen Sinn hatte. Ich kletterte vorsichtig durch das Loch in den Dielen, mit Matilda direkt hinter mir. „Geh nicht in die Nähe der Leichen", sagte Matilda. „Wir dürfen die Beweise nicht stören."

„Vertrau mir, ich will nicht in die Nähe irgendwelcher Leichen gehen." Ich verzog das Gesicht.

Der Bereich unter den Dielen war feucht, dunkel und unangenehm mit einem üblen Geruch. „Was ist das für ein weißes Pulver?", fragte ich.

„Vermutlich Branntkalk, um den Geruch der Leiche zu unterdrücken und sie schneller verwesen zu lassen", sagte Eleanor in sachlichem Ton. „Lass uns einen Blick auf diesen Tunnel werfen."

„Ich gehe nicht in einen Tunnel", protestierte ich.

Matilda und Eleanor ignorierten mich. Beide näherten sich vorsichtig dem Tunnel und leuchteten mit ihren Taschenlampen hinein.

„Es ist ein kleiner Tunnel!", rief ich aus.

„Das ist eine sehr seltsame Wand." Eleanor berührte die Tunnelwand. „Sie sieht nicht wie eine normale Tunnelwand aus. Sie ist viel zu ordentlich. Lass uns sehen, wohin er führt."

Ich keuchte. „Ihr könnt da nicht reingehen! Was, wenn er über euch zusammenbricht? Was, wenn er sich verengt?"

„Wenn er sich verengt, könnten wir eine der

Ziegen reinschicken", sagte Eleanor. „Wir könnten eine Überwachungskamera kaufen und sie am Halsband der Ziege befestigen, um zu filmen, was vor uns liegt."

„Ehrlich, Eleanor, manchmal sagst du die absurdesten Dinge", schnauzte Matilda.

„Na, hast du eine bessere Idee?", fauchte Eleanor zurück. „Die Überwachungskameras sind zu groß für Mr. Crumbles."

Matilda murmelte vor sich hin und verschwand im Tunnel. Eleanor stürmte ihr hinterher. Ich umklammerte mein Handy und eilte ihnen nach, da ich nicht zurückbleiben wollte.

Der Tunnel war groß genug, dass ein paar Leute nebeneinander stehen und eine große Person aufrecht gehen konnte. Es war furchtbar seltsam. Er war kalt und dunkel, aber makellos sauber. Es lag kein Müll auf dem Boden, und der Weg war eben, ohne Steine, über die wir hätten stolpern können.

Ich fragte mich, warum jemand einen solchen Tunnel bauen würde. Es war ja nicht so, als wären wir an der Küste und Piraten könnten landen und ihre Schätze im Tunnel verstecken. Und meine Schwester Rebecca hatte nie einen Tunnel erwähnt. Ich war sicher, dass sie keine Ahnung hatte, dass er hier war.

„Was, wenn er über uns zusammenbricht?", fragte ich erneut.

„Er ist seit Jahren hier und ist noch über niemandem zusammengebrochen", rief Matilda über ihre Schulter.

Bald wurde der Tunnel enger, und Matilda und Eleanor hielten so plötzlich an, dass ich in Matildas Rücken lief. Direkt vor uns war ein großes Eisentor mit einem Gitter bedeckt. Eleanors Taschenlampe enthüllte ein riesiges Schloss.

„Das ist, um Viecher davon abzuhalten, in den Bereich unter deinem Haus zu kommen, Jane", sagte Matilda. „Ist das nicht gut!"

„Äh, ja?", sagte ich und fragte mich, was daran gut sein sollte, in einem unheimlichen, dunklen Tunnel zu sein. „Können wir jetzt zurückgehen?"

„Nein, wir müssen diesem Tunnel folgen, um zu sehen, wohin er führt. Eleanor, wie lange brauchst du, um dieses Schloss zu knacken?"

„Pst, ich konzentriere mich", kam die Antwort. Eleanor wedelte mit einer Haarnadel vor uns.

Zu meiner Überraschung öffnete sich das Tor bald, und die Schwestern drängten vorwärts. Ich bin von Natur aus etwas klaustrophobisch. Ich tat mein Bestes, um die Wellen der Panik zu bekämpfen, die mich immer wieder zu überwältigen drohten. Logisch betrachtet zeigte der Tunnel keine Anzeichen, über uns zusammenzubrechen, aber Angst ist nicht logisch. Ich beeilte mich, mit Matilda und Eleanor Schritt zu halten, und wünschte inbrünstig, ich wäre nie in den Tunnel gegangen.

Schließlich schien die Dunkelheit etwas abzunehmen. Ich hatte immer gedacht, der Ausdruck, ein Licht am Ende des Tunnels zu sehen, bedeutete, dass ich tatsächlich einen winzigen Lichtpunkt sehen würde. Stattdessen wurde die Dunkelheit Schritt für Schritt weniger intensiv. Schließlich bogen wir um die Ecke, und ich sah tatsächlich ein kleines Licht vor uns.

„Wenn wir doch nur eine der Macheten mitgebracht hätten", jammerte Eleanor, als wir uns dem Ausgang des Tunnels näherten.

Ich sah bald, dass der Ausgang mit Ranken und Büschen bedeckt war.

Wir drei arbeiteten hart daran, eine Lücke zum Durchkriechen zu schaffen, und bald waren wir alle drei draußen in der Morgendämmerung.

Ich schluckte die frische Morgenluft. „Wo sind wir?"

„Wir sind natürlich im Wald." Eleanor zeigte auf einen nahe gelegenen Baum.

Matilda verdrehte die Augen. „Ich bin sicher, Jane dachte nicht, es wäre ein Strand."

„Warum sollte jemand diesen Tunnel bauen?", sagte ich, mehr zu mir selbst als zu jemand anderem.

„Das ist ein guter Punkt, und wie sollte jemand wissen, dass er hier ist?", Matilda zeigte auf den riesigen Felsen vor uns. Ich ging vor den Felsen und blickte zurück zum Eingang des Tunnels. Er war sicherlich gut getarnt, und niemand, der hier wandern würde, würde zufällig darauf stoßen.

„Wir sollten besser zurückgehen und die Polizei rufen", sagte ich.

Matilda zeigte auf den Ausgang. „Wir müssen durch den Tunnel zurück, weil wir von hier aus nicht den Weg zu deinem Haus kennen, Jane."

„Ich bin sicher, ich könnte es finden", sagte ich hoffnungsvoll.

„Nein, Jane, es geht durch den Tunnel!"

Ich seufzte und folgte ihnen zurück in die kalte Dunkelheit.

KAPITEL 4

Es war alles so surreal. Ich eilte zurück durch den Tunnel. Es war nicht so schlimm wie beim ersten Mal, weil ich die Länge des Tunnels kannte und wusste, wohin er führte – in diesem Fall zurück zu zwei Leichen. Trotzdem führte er auch zurück zu meinem Haus.

Mein Haus! Würde ich dasselbe darüber empfinden, wenn ich wüsste, dass zwei Leichen darunter gelegen hatten? Und was, wenn es noch mehr gäbe? Ich schauderte und versuchte, den Gedanken aus meinem Kopf zu verdrängen. Sicherlich war es nicht das Werk eines Serienmörders. Nein, ich war einfach zu fantasievoll.

Nachdem wir durch das eiserne Tor waren, zog Matilda es zu, und Eleanor schloss es mit ihrer Haarnadel ab. „So. Das ist sicher. Niemand wird da durchkommen."

„Jemand hat es getan", wies ich darauf hin. „Der Mörder."

„Ich meinte, niemand würde ohne Schlüssel hineinkommen."

Kurz darauf blieb Matilda plötzlich stehen, und ich wäre fast in sie hineingelaufen. „Wir sind fast wieder bei den Leichen", sagte sie. „Wir müssen vorsichtig sein, um die Beweise nicht zu stören."

„Ich vermute, Mr. Crumbles könnte bereits eine Menge Beweise gestört haben", merkte ich an.

Matilda und Eleanor ignorierten mich, aber wir waren bereits bei der Leiter. Ich vermied es bewusst, die Leichen anzusehen, und kletterte die Leiter hinauf, gefolgt von Matilda und Eleanor. Zum ersten Mal bemerkte ich, dass sie mit Staub bedeckt waren. Ich nahm an, dass ich auch schrecklich aussah. Kein Wunder, dass ich Mr. Crumbles für eine getigerte Katze gehalten hatte. Und Mr. Crumbles war da, starrte uns an, als würde er uns nicht kennen. Er sah verwirrt aus, drehte sich um und rannte aus dem Zimmer.

„Ich rufe Damon an", sagte ich. Ich wollte gerade nach meinem Handy greifen und Damon anrufen, als Eleanor meine Schulter berührte. „Wir brauchen Kaffee. Trink etwas Kaffee vor deinem Anruf."

„Nein, ich rufe ihn jetzt an", sagte ich. „Würdest du bitte schon mal Kaffee für mich machen? Ich könnte wirklich welchen gebrauchen."

Als ehemalige Amische war ich damit aufgewachsen, Kaffee zu trinken, bevor die Sonne aufging. In all meinen folgenden Jahren als *Englische* war es eine Gewohnheit, die mir geblieben war. Ich brauchte immer Kaffee, sobald ich aufwachte.

Mein Anruf bei Damon ging direkt auf die Mailbox. Ich nahm an, dass er sein Handy ausgeschaltet hatte, um gut schlafen zu können. Ich ging in die Küche und erzählte Eleanor und Matilda davon. „Und deshalb werde ich die Polizei rufen müssen", schloss ich.

Genau das tat ich dann auch. Als ich fertig war, hatte Eleanor eine große Tasse frisch gebrühten Kaffee vor mich auf den Tisch gestellt. Matilda war eifrig damit beschäftigt, sich eine Kaffeesuppe zuzubereiten.

„Wir sollten besser zu Rebecca und Ephraim gehen und ihnen alles erzählen, bevor die Polizei kommt", sagte ich. „Lass uns erst unseren Kaffee austrinken."

Ich schaute auf die Uhr. Ich war überrascht, wie viel Zeit vergangen war. Ich gähnte, streckte mich und schluckte den letzten Schluck meines Kaffees.

Ephraim war bereits zur Arbeit gegangen, als wir bei Rebeccas Haus ankamen. Rebecca war im Garten und pflückte einige Pfefferminzblätter, zweifellos für ihren Wiesentee. Sie blickte auf und keuchte, als sie uns sah. „*Ach du liewa*! Ihr habt mich erschreckt, ganz gewiss! Was ist denn mit euch passiert?"

„Wir gehen besser rein, während ich es dir erzähle", sagte ich, da ich meine Schwester nicht zu sehr aufregen wollte. „Können wir etwas *Kaffi* haben?"

Rebecca zog die Augenbrauen hoch. „*Kaffi* oder Wiesentee?"

„*Kaffi*", sagten Matilda, Eleanor und ich wie aus einem Mund.

Rebecca nickte und ging zurück zu ihrem Haus. Bald saßen wir in ihrem schlichten Wohnzimmer und nippten an unserem Kaffee. „Es gibt keinen sanften Weg, es dir beizubringen, also sage ich es direkt", begann ich. „Du kennst doch diesen extra großen Raum an der Seite des Hauses?"

Rebecca nickte. „Der Raum, der abgesperrt ist? Den du renovieren möchtest?"

„Ja, genau der." Ich schenkte ihr ein beruhigendes Lächeln. „Nun, gestern haben wir eine Wand entfernt, um in den Raum zu gelangen, und es gab einige kaputte Bodendielen, aber heute früh hörten wir Mr. Crumbles rufen, weil er hineingefallen war..."

Rebecca unterbrach mich. „Geht es ihm gut?"

„Ihm geht's gut", sagte ich ihr. „Aber die Sache ist, es lagen zwei Leichen unter den Bodendielen."

Rebecca griff sich an die Kehle. „Zwei Leichen? Seid ihr sicher?"

„Sie sind definitiv tot", sagte Eleanor. „Äxte stecken in den Köpfen der Leichen."

„Äxte?" Rebecca rieb sich kräftig die Schläfen. „Oh je."

„Eine Leiche schien etwa zehn Jahre alt zu sein, und die andere war ziemlich frischer", fügte Matilda hinzu.

Rebeccas Kiefer hing immer noch offen. Ihre

Hand war auf halbem Weg zu ihrer Tasse Wiesentee erstarrt.

„Warum hast du nie versucht, in diesen Raum zu gelangen?", fragte ich sie.

Rebecca brauchte einen Moment, um sich zu fangen, und zuckte dann mit den Schultern. „Weil wir es immer an Mieter vermietet haben, und sie hatten genug Platz im Haus. Wir haben uns nie wirklich Gedanken darüber gemacht, verstehst du."

„Haben Amische dieses Haus gebaut?", fragte ich sie.

Sie blickte zur Decke, als würde sie versuchen, sich an die Namen zu erinnern. „Ja, David und Arleta Habegger."

„Und leben sie in dieser Gemeinde?"

„*Jah*. Oder besser gesagt, sie taten es, aber sie sind vor vielen Jahren zu *Der Herr* gegangen. Die Tochter lebt in einer nahegelegenen Gemeinde. Sie ist Witwe und ziemlich alt."

„Wie heißt sie?"

„Linda Lengacher."

Ich biss mir auf die Lippe. „Wir sollten zurück zu meinem Haus gehen und auf die Polizei warten. Rebecca, ich werde heute wahrscheinlich zu spät zur Arbeit kommen, je nachdem, wie lange die Polizei braucht."

„Nachdem sie dich verhört haben, kannst du zur Arbeit gehen. Eleanor und ich bleiben im Haus und kümmern uns um die Polizei", sagte Matilda fröhlich.

„Mich verhören?", sagte ich. „Warum, denkst du, ich werde verdächtigt?"

Matilda und Eleanor nickten beide. „Ja, dir gehört das Haus", sagte Matilda.

„Aber ich habe es gerade erst gekauft, und vor zehn Jahren lebte ich noch in New York."

Matilda zuckte mit den Schultern. „Ich habe nicht gesagt, dass es logisch ist, dich zu verdächtigen, aber sie werden dich zumindest in gewissem Maße verdächtigen müssen."

Eleanor stimmte ihr ausnahmsweise zu. „Ja, das stimmt, du wirst auf ihrer Liste stehen. Ich werde es auch sein und Matilda ebenso."

Ich hoffte, sie übertrieben. „Ich lasse dich wissen, was passiert, Rebecca." Damit gingen wir die kurze Strecke zurück zu meinem Haus.

Ich ging direkt in die Küche, diesmal brauchte ich etwas zu essen. Ich war leicht aufgekratzt vom Koffein. Ich sah mein Handy auf dem Küchentisch liegen, es zeigte einen verpassten Anruf von Damon an.

„Oh, ich hätte mein Handy mitnehmen sollen", murmelte ich vor mich hin. Zu den anderen sagte ich: „Ich gehe in den Garten und rufe Damon zurück."

Ich griff nach meinem Handy und ging damit in den Garten, dankbar, dass die Schwestern mir nicht gefolgt waren. „Damon", begann ich atemlos, sobald er ranging, „es liegen zwei Leichen unter meinem Haus!"

„Ich weiß. Ich wurde informiert."

„Bist du auf dem Weg hierher?"

Er schwieg einen Moment und sagte dann: „Tut mir leid, Jane. Ich werde nicht an diesem Fall arbeiten."

Ich war verwirrt. „Warum nicht? Bist du noch nicht wieder im Dienst? Oder hast du Urlaub?"

Wieder zögerte er. „Nein, es ist nur so, dass der Captain denkt, wir könnten, ähm, zu eng miteinander verbunden sein, als dass ich an diesem Fall beteiligt sein sollte."

Ich schwieg und verarbeitete seine Worte. Schließlich sagte ich: „Oh. Ich verstehe."

„Aber ich rufe dich heute Nachmittag an", fügte Damon hinzu. „Geht es dir gut, Jane?"

„Es war ein schrecklicher Schock", gab ich zu.

„Es tut mir leid, dass ich nicht für dich da sein kann."

„Schon okay."

Ich ging zurück zu Matilda und Eleanor. Ich war traurig, dass Damon nicht an dem Fall arbeitete, aber andererseits musste ich zugeben, dass ich mich freute, dass er als zu eng mit mir verbunden galt, um an dem Fall beteiligt zu sein. Das war doch sicher ein gutes Zeichen. Trotz der aktuellen Situation liefen kleine Glückschauer meinen Rücken hinunter.

„Wird er bald hier sein?", fragte Matilda, als ich in die Küche kam. Sie schob mir einen Teller mit gebuttertem Toast zu.

Ich dankte ihr und sagte: „Nein, er arbeitet nicht an dem Fall."

Matilda und Eleanor tauschten Blicke aus. Matilda nickte. „Ah ja, weil ihr beide romantisch involviert seid."

Ich wollte protestieren. „Oh nein, wir sind nicht romantisch involviert. Nicht direkt."

Matilda und Eleanor kicherten beide. Sogar Mr. Crumbles schien zu lächeln.

KAPITEL 5

Nachdem ich schnell geduscht hatte, stand ich auf meiner Veranda, eine Hand auf meinem Adirondack-Stuhl, und hielt Ausschau nach dem Auto der Detektive. Ich musste nicht lange warten. Ein Wagen fuhr vor und hielt vor meinem Haus. Zwei Männer stiegen aus. Der eine trug eine gerunzelte Stirn und einen übergroßen Anzug, während der andere viel jünger war und wie ein Model aussah. Sein Gesicht kam mir bekannt vor, oder vielleicht verwechselte ich ihn mit einem Schauspieler.

Ich wartete auf der Veranda. Der Jüngere brach in ein breites Lächeln aus und zeigte eine Reihe unmöglich weißer Zähne. „Hallo, ich bin Detective Leo Wright und das ist Detective Marvin Collins."

Ich warf einen Blick auf Detective Collins. Er lächelte ganz sicher nicht. Sein Anzug hing an ihm herunter – vielleicht hatte er in letzter Zeit viel

Gewicht verloren. Sein Gesicht war groß und von tiefen Falten durchzogen, und seine Hände waren riesig. Er wirkte gereizt.

„Hallo, ich bin Jane Delight", sagte ich ihnen. Bevor ich etwas anderes sagen konnte, bellte Detective Collins: „Ist das Ihr Haus?"

„Ja", sagte ich und blickte dann hinter mich, als Matilda und Eleanor aus der Tür stolperten. „Und das sind meine Mitbewohnerinnen, Matilda und Eleanor Entwistle."

„Wer hat die Leiche gefunden?", wollte Collins wissen.

Eleanor trat vor. „Es war eigentlich Mr. Crumbles, spät in der Nacht. Oder sollte ich sagen, in den frühen Morgenstunden."

„Dann muss ich auch mit ihm sprechen."

Eleanor kicherte. „Er ist eine Katze."

Detective Collins' Stirnrunzeln vertiefte sich. „Wie bitte?"

Ich dachte, ich sollte es besser erklären. „Mr. Crumbles ist unsere Katze. Wir hörten ihn in den frühen Morgenstunden. Als wir nachschauen gingen, was los war, entdeckten wir ihn mit Erde bedeckt und aus einem Loch im Zimmer kommend. Es war das Zimmer, zu dem wir gerade erst Zugang erhalten hatten."

Collins rieb sich die Stirn. „Zeigen Sie es uns. Aber kommen Sie den Beweisen nicht zu nahe."

Ich ging um das Gebäude herum. Ich zögerte an der Stelle, wo einst die Wand gewesen war. „Ich weiß nicht, ob die Bodenbretter besonders sicher sind", sagte ich ihnen.

„Was ist hier passiert?", fragte Detective Wright.

„Nun, sehen Sie, ich habe dieses Haus kürzlich von meiner Schwester und ihrem Mann gekauft. Sie wohnen nebenan." Ich hielt inne, um zu zeigen. „Sie haben dieses Haus jahrelang vermietet und als die letzten Mieter auszogen, kaufte ich es von ihnen. Niemand hatte je Zugang zu diesem Zimmer gehabt."

„Also, haben Sie diese Wand mit dem Bulldozer eingerissen?", fragte Collins. Er schien ziemlich verwirrt.

„Ich glaube, es wurden Vorschlaghämmer benutzt." Ich versuchte, vage zu klingen. Zur Sicherheit fügte ich hinzu: „Ich weiß nicht viel über Renovierungen."

Ich hoffte, sie würden mich nicht fragen, wer die Renovierung durchgeführt hatte, aber Collins sprach wieder. „Wo sind die Leichen?" Sein Ton ließ es wie eine Anschuldigung klingen.

„Sie sind da drin." Ich nickte zu dem Loch im Boden. Die Detectives schalteten ihre Taschenlampen ein. Ich hatte gar nicht bemerkt, dass sie welche trugen. Sie spähten in das Loch in den Bodendielen und sprachen leise miteinander.

Eleanor ging zu ihnen hinüber. „Da unten ist ein Tunnel."

Collins' Augenbrauen schossen in die Höhe. „Ein Tunnel, sagen Sie?"

„Wir haben keine der Beweise gestört", beeilte

sich Eleanor zu sagen, „aber als wir nachsehen gingen, was mit Mr. Crumbles los war, ließ Jane versehentlich ihr Handy in das Loch fallen. Wir gingen, um ihr Handy zu holen, und da sahen wir die Leichen. Wir sahen auch, dass es einen Tunnel gab."

„Der Tunnel ist von größter Bedeutung", fügte Matilda hinzu.

Detective Wright stand auf und klopfte sich ab. „Was haben Sie gesagt?"

„Wie Jane sagte, war dieses Zimmer jahrelang zugenagelt. Wir denken, es wurde von den Amischen gebaut, von denen Janes Schwester und ihr Mann es gekauft haben. Als Jane das Haus kaufte, konnten wir hier zuerst nicht rein, weil die Innentür sich nicht öffnen ließ und es keine Außentür gab."

„Das ist die Innentür da drüben", sagte Eleanor.

Collins drehte sich um, um nachzusehen. „Fahren Sie fort."

Ich setzte die Erklärung fort. „Und meine Schwester sagte, sie sei nie in diesem Zimmer gewesen. Dieses Haus gehörte zu dem Bauernhof, auf dem meine Schwester und ihr Mann leben, war aber auf einem separaten Grundbucheintrag. Dieses Haus war immer ausreichend für die Mieter, also mussten meine Schwester und ihr Mann nichts mit diesem Zimmer machen", sagte ich. „Sie sind Amische", fügte ich hinzu, „und wir haben erst gestern Zugang zu dem Zimmer bekommen."

„Ich werde von Ihnen allen Aussagen aufnehmen müssen", sagte Collins. Er sah seinen Partner an.

„Detective Wright kann Ihre Aussagen aufnehmen, und ich werde das forensische Team herholen. Wright, gehen Sie die Leiter runter und sehen Sie, was Sie sehen können."

Detective Wrights Lächeln schwankte kurz, aber er kletterte die Leiter hinunter. Er war ganze fünf Minuten weg, und Collins sagte kein Wort. Eine unangenehme Stille hing wie eine schattige Wolke über uns allen.

Schließlich tauchte Wright staubbedeckt aus der Leiter auf. „Was ist da unten?", fragte Collins ihn.

„Ein Skelett mit einer Axt im Kopf, eine neuere Leiche mit einer Axt im Kopf und ein Tunnel", lieferte Matilda, bevor Detective Wright sprechen konnte. „Plus jede Menge Branntkalk."

Beide Detectives sahen überrascht aus. Collins warf uns einen finsteren Blick zu. „Wenn Sie Damen freundlicherweise in Ihr Haus zurückgehen würden, werden wir in einer Minute mit Ihnen sprechen."

„Wir *sind* in unserem Haus", sagte Matilda.

Collins seufzte. „Wenn Sie so freundlich wären, in Ihr Wohnzimmer zu gehen, werden wir in einem Moment bei Ihnen sein."

Wir gingen um das Gebäude herum und betraten durch die Vordertür das Wohnzimmer.

„Höchst rätselhaft", sagte Matilda. „Warum sollte ein Täter ein Opfer ausgerechnet an diesem Ort ermorden?"

„Warum sollte jemand *zwei* Opfer an diesem bestimmten Ort ermorden?", sagte Eleanor.

„Ja, das meinte ich natürlich." Matilda nickte langsam. „Jane, wir müssen diese Amisch-Frau besuchen."

Ich war übermüdet und überkoffeiniert. „Welche Amisch-Frau?", fragte ich erschrocken.

„Na, die Tochter der Leute, die diesen Ort gebaut haben, natürlich", sagte Matilda.

„Die Polizei wird sie befragen."

Eleanor nickte. „Du hast Recht. Wir sollten besser zuerst dort sein."

„Ja, ausnahmsweise hast du Recht, Eleanor. Lass uns heute gehen."

„Können wir das nicht einfach der Polizei überlassen?", fragte ich hoffnungsvoll. „Es ist schließlich ihr Job, und sie wissen, was sie tun."

Ein selbstgefälliger Blick huschte über Matildas Gesicht. „Wir auch. Außerdem sind wir ziemlich gelangweilt, nicht wahr, Eleanor?"

Eleanor stimmte schnell zu. „Ja, wir sind völlig gelangweilt. Wir haben beschlossen, an keinen Ziegenschauen mehr teilzunehmen, und was haben wir sonst noch in unserem langweiligen Leben außer den Ziegen? Und Waffenübungen?"

Ich glaubte, mich verhört zu haben. „Was hast du gesagt?"

„Sie sagte, wir haben nichts in unserem langweiligen Leben zu tun, außer uns um die Ziegen zu kümmern und Ziegentraining." Matildas Blick schoss Dolche auf Eleanor.

„Dann macht ihr die Ermittlungen alleine. Sobald

wir unsere Aussagen gemacht haben, muss ich zurück, um Rebecca im Laden zu helfen."

„Nicht so schnell!", sagte Matilda. „Eleanor und ich können kein Pennsylvania-Deutsch sprechen. Du musst mitkommen, um mit der Amisch-Frau zu sprechen."

„Ich bin sicher, sie spricht perfekt Englisch", sagte ich mit einem Kichern.

„Nein, Jane. Du warst Amisch! Sie würde sich wohler fühlen, mit dir zu sprechen."

„Ja, genau", stimmte Eleanor ein. „Sie wäre viel glücklicher, mit jemandem zu sprechen, der von den Amischen geflohen ist."

Ich war entsetzt. „Ich bin nicht von den Amischen *geflohen*! Ich bin einfach nach meiner *Rumspringa* mit dem Segen des Bischofs und aller anderen gegangen!"

Matilda tätschelte mein Knie. „Ja, wir wissen. Eleanor benutzt manchmal die falschen Worte."

„Tue ich nicht!"

Matilda verdrehte einfach die Augen. Bevor sie in einen Streit geraten konnten, kam Detective Collins herein. „Detective Wright wird gleich kommen, um Ihre Aussagen einzeln aufzunehmen. Vielleicht könnte er Ihre Küche als Verhörraum benutzen?"

Ich nickte. „Das wird in Ordnung sein." Ich fügte hinzu: „Detective, ich habe Ihnen noch nicht gesagt, dass meine Schwester und ihr Mann dieses Grundstück von dem Amischen Paar gekauft haben, das die Häuser gebaut hat. Sie sind inzwischen verstorben, aber ihre Tochter lebt in einer anderen Amischen Gemeinde."

„Danke. Das ist sehr hilfreich. Stellen Sie sicher, dass Sie Detective Wright all diese Details geben." Damit nickte er und verschwand wieder durch die Tür.

Zu Matilda und Eleanor sagte ich: „Wenn es euch nichts ausmacht, gehe ich zuerst zur Befragung, damit ich zurück in den Laden kann."

Matilda wirkte beleidigt. „Das geht nicht! Das geht überhaupt nicht. Nein Jane, du musst mit uns kommen, um mit dieser Amisch-Frau zu sprechen. Ich bestehe darauf." Sie presste die Lippen zusammen.

Ich wusste, wann ich geschlagen war. „Okay, ich rufe Rebecca an."

Rebecca sagte, sie könne mit ihrer neuen jungen Assistentin perfekt zurechtkommen, und ich könne mir so viel Zeit lassen, wie ich wolle. Ich hatte eher gehofft, sie würde sagen, dass ich dringend zurück müsste. Als ich Matilda und Eleanor die Information weitergab, strahlten sie mich beide an.

„Na dann ist es ja geklärt!", sagte Matilda. „Sobald wir alle befragt wurden, können wir mit dieser Amisch-Frau sprechen."

Detective Wright kam herein und blitzte uns mit seinen Zähnen an. „Also gut. Ich werde jetzt Ihre Aussagen aufnehmen. Und meine Damen, könnte ich Sie bitten, für ein paar Tage nicht in diesen Raum zu gehen? Wir werden Sie kontaktieren und Ihnen mitteilen, wann er freigegeben ist. Es könnte mehrere Tage dauern, vielleicht sogar länger."

Matilda schenkte ihm ein süßes Lächeln. „Was immer Sie sagen. Wir wollen behilflich sein."

„Hat jemand von Ihnen die Leiche berührt?"

„Natürlich nicht! Wir wissen es besser!", sagte Eleanor mit einem Stirnrunzeln.

„Wir schauen viele Krimiserien im Fernsehen." Matilda lächelte weiterhin.

„Ich fange an, wenn das in Ordnung ist", sagte ich etwas zu fröhlich. „Möchten Sie einen Kaffee?" Damit eilte ich in die Küche, Detective Wright dicht auf den Fersen.

KAPITEL 6

Matilda hatte fahren wollen, aber ihre Fahrweise war gelinde gesagt erschreckend, also bestand ich darauf. Zuerst fuhren wir zu meiner Schwester in den Cupcake-Laden. Ich wollte Linda Lengacher, der Tochter der Leute, die mein Haus gebaut hatten, ein paar Cupcakes mitbringen.

Naomi, Rebeccas neue junge Assistentin, begrüßte uns. „Rebecca backt gerade. Ich hole sie."

Rebeccas Augen verengten sich misstrauisch, als sie uns sah. „Ich nehme an, du kommst heute nicht mehr zur Arbeit, Jane?" Sie stemmte die Hände in die Hüften.

„Doch. Ich komme, wenn du willst", sagte ich in der Hoffnung, sie würde mich bitten zu bleiben und Matildas und Eleanors Plan würde vereitelt werden.

„*Nee*, ich brauche dich heute nicht mehr. Das

Geschäft läuft langsam, und Naomi und ich kommen ganz gut alleine zurecht."

„Bist du sicher?", fragte ich hoffnungsvoll.

„*Jah*. Und wo geht ihr hin?"

„Wir wollen Linda Lengacher befragen und sie nach diesem Raum fragen", sagte Eleanor.

Rebecca sah alles andere als erfreut aus. „Solltet ihr das nicht der Polizei überlassen?"

Ich nickte. „Ja, das sollten wir."

Matilda trat vor. „Eleanor möchte mit Linda sprechen, und man sollte eine alte Dame doch nicht verärgern, oder?"

Eleanor nahm offensichtlich Anstoß daran. „Wen nennst du hier alt? Sprich für dich selbst!"

„Na dann, wir sollten uns besser auf den Weg machen", sagte ich, um den unvermeidlichen Streit zu verhindern.

Bald waren wir unterwegs. „Warst du schon mal in dieser Amisch-Gemeinde?", fragte mich Matilda.

„Nicht dass ich wüsste. Wenn, dann als Kind, aber ich bezweifle es. Es ist zu weit, um mit Pferd und Kutsche einfach so zu Besuch zu fahren."

Eleanor lehnte sich von der Rückbank nach vorne. „Lass uns entscheiden, was wir sie fragen wollen."

„Warum müssen wir entscheiden, was wir sie fragen?", sagte Matilda. „Das ist doch offensichtlich, oder?"

„Wenn es offensichtlich wäre, hätte ich es nicht erwähnt." Eleanor lehnte sich zurück.

„Schönes Wetter haben wir", sagte ich in dem Versuch, das Thema zu wechseln. „Ich hoffe, wir treffen die Detektive dort nicht", fügte ich nachträglich hinzu.

„Nein, die werden Papierkram zu erledigen haben", sagte Matilda. „Ich bin sicher, wir werden ihnen um mehrere Stunden voraus sein."

„Ich hoffe, du hast recht."

Linda Lengachers Adresse war leicht zu finden. Sie wohnte anscheinend in einem *grossmammi haus* hinter dem Haus eines amischen Paares auf einem Bauernhof. Der einzige Parkplatz war vor der Scheune, also parkte ich dort, und wir stiegen aus dem Auto. Eine amische Frau kam aus der Scheune und blieb stehen, offensichtlich überrascht, drei *Englischers* zu sehen.

„*Guten mariye*", begann ich. „Ich bin Jane Delight, die Schwester von Rebecca Yoder, die aus einer anderen amischen Gemeinde stammt."

Das Gesicht der Frau entspannte sich. „*Hullo*. Ich bin Keziah Helmuth."

Ich beeilte mich, unsere Anwesenheit zu erklären. „Ich wohne in einem Haus, das von Linda Lengachers Eltern gebaut wurde. Es gibt etwas Ungewöhnliches an dem Haus, deshalb wollte ich mit Linda sprechen. Meine Schwester Rebecca hat mir erzählt, dass sie und ihr Mann den Hof von David und Arleta Habegger gekauft haben." Um Verwirrung zu vermeiden, fügte ich hinzu: „Ihr Haus und mein

Haus stehen auf demselben Hof." Das war in einer amischen Gemeinde nicht so ungewöhnlich.

Keziah nickte. „Ja, Linda ist gerade zu Hause." Sie zeigte über ihre Schulter auf das *grossmammi haus*. „Ich bin sicher, sie wird sich über Besuch freuen." Damit lächelte sie und ging zurück in die Scheune.

Ich holte den Teller mit Whoopie-Pie-Cupcakes aus dem Auto, und wir drei gingen zum *grossmammi haus* hinüber. Es war eine alte Steinhütte mit einer breiten Veranda, und der Duft der blauen Buddleja-Blüten wehte uns auf der sanften Brise entgegen.

Es war keine Spur von Linda zu sehen, also klopfte ich an die Tür. Sofort hörte ich schlurfende Schritte, die sich der Tür näherten. Die Tür öffnete sich und eine amische Dame kam zum Vorschein. Sie war wahrscheinlich ungefähr im gleichen Alter wie Matilda und Eleanor, wirkte aber viel älter.

Ich stellte mich sofort vor. „Ich bin Jane Delight. Meine Schwester ist Rebecca Yoder aus einer anderen Gemeinde. Das sind meine Mitbewohnerinnen, Matilda und Eleanor. Ich habe kürzlich ein Haus von meiner Schwester Rebecca und ihrem Mann Ephraim gekauft. Es stand früher auf ihrem Hof. Anscheinend gehörte ihr Hof früher Ihren Eltern, David und Arleta Habegger."

Die Frau hörte aufmerksam zu. „Bitte kommen Sie herein." Sie öffnete die Tür.

Ich reichte ihr die Schachtel mit Whoopie-Pie-Cupcakes. „Die sind aus dem Cupcake-Laden meiner Schwester."

„Wie sagten Sie, heißt Ihre Schwester noch mal?"

„Rebecca Yoder", antwortete ich.

Sie nickte. „Von ihr habe ich gehört. Ich bin sicher, ich habe sie in *The Diary* erwähnt gesehen."

„*The Diary*?", fragte Eleanor nach.

„Das ist die amische Zeitung in dieser Gegend", sagte Matilda.

„Das wusste ich."

„Wenn du das wusstest, warum hast du dann gefragt?" Matildas Stirn legte sich in tiefe Falten.

„Ich hab's vergessen."

„Möchten Sie alle etwas Wiesentee?", fragte Linda.

„Ja, das wäre schön, *denki*", sagte ich.

Wir setzten uns in das schlichte Wohnzimmer. Für ein *grossmammi haus*

„ war dies recht geräumig. An der langen Wand gab es reichlich Schrankplatz mit Regaleinheiten, Schränken und Schubladen zur Aufbewahrung. Trotz der Größe des Raumes war es dunkel, und schwere, dunkelblaue Vorhänge hingen vor den kleinen Fenstern. Die Wandgaslampen waren ausgeschaltet. Ein kleiner Beistelltisch, bedeckt mit Wollknäueln, stand neben einem großen braunen Sessel. Das war eindeutig Lindas Stuhl, also setzten wir drei uns auf das klobige Sofa gegenüber.

Linda bereitete einen Topf Wiesentee zu und stellte dann Tassen vor uns. Sie legte einige der Whoopie-Pie-Cupcakes auf einen schlichten weißen

Teller. „Die sind recht ungewöhnlich. So etwas habe ich noch nie gesehen."

Ich nickte. „Meine Schwester hat einen Amischen Cupcake-Laden. Sie hat traditionelle Amische Kuchen in Cupcakes verwandelt, wie diese Whoopie-Pie-Cupcakes. Sie macht auch Shoofly-Pie-Cupcakes, Schnitz-Pie-Cupcakes und Amische Sauerrahm-Gewürz-Cupcakes, um nur einige zu nennen."

„Das scheint eine vernünftige Idee zu sein", sagte Linda. „Du musst lauter sprechen. Ich bin ein bisschen schwerhörig."

Ich nippte an meinem Wiesentee. Nachdem Linda einen halben Cupcake gegessen hatte, fragte sie: „Jane, du hast ein Haus gekauft, das meine Eltern gebaut haben?"

„Ja, meine Schwester und ihr Mann Ephraim haben einen Bauernhof. Es gab ein weiteres Haus auf dem Grundstück, auf einem separaten Titel mit fünf Morgen Land. Das habe ich gekauft."

„Ja, es ist sehr nützlich für unsere Ziegen", sagte Eleanor.

Linda ignorierte den Kommentar über die Ziegen und sagte stattdessen: „Ich kenne das Grundstück, aber meine Eltern haben dort keine Häuser gebaut. Sie haben den Bauernhof mit den beiden Häusern bereits darauf gekauft."

„Bist du sicher?", fragte ich automatisch und winkte dann ab. „Entschuldige, das war eine dumme Frage. Weißt du zufällig, wer es gebaut hat?" Ich hielt es für unwahrscheinlich, dass sie das wissen würde.

„Meine Eltern haben es von den Leuten gekauft, die es gebaut haben", sagte sie. „Ich weiß das, weil es Strom hatte, und meine Eltern mussten den Strom aus beiden Häusern entfernen lassen. Wenn du das Haus auf den fünf Morgen gekauft hast, wäre das das Haus gewesen, das sie als *Grossmammi-Haus* für meine Großmutter genutzt haben. Es war natürlich viel zu groß für sie, aber sie hatten sonst nichts anderes, und sie war glücklich genug darin zu wohnen."

„Ich habe mich schon gefragt, warum es so einen großen Raum an das Haus angebaut gab", sagte ich. „Als meine Schwester und ihr Mann den Bauernhof kauften, gab es einen riesigen Raum, der an mein Haus angebaut war, und er war bereits versiegelt. Weißt du etwas darüber?"

Linda nickte ziemlich enthusiastisch, so sehr, dass ihre Brille auf ihre Nase rutschte. Sie schob sie wieder hoch und fuhr fort. „Oh ja. Es wurde aus Sicherheitsgründen gemacht, verstehst du."

„Sicherheitsgründe?", wiederholte Matilda. „Was meinst du damit?"

„Es war kein sicherer Raum, da sich ein Tunnel darunter befand. Es wäre unmöglich gewesen, den Tunnel aufzufüllen, also haben meine Eltern den Raum einfach abgesperrt. Sie machten sich auch Sorgen, dass Tiere ihren Weg in den Tunnel finden könnten, aber sobald der Raum abgesperrt war, war es sicher."

„Also wussten sie von dem Tunnel?", fragte ich.

„Ja. Er wurde von den Leuten gebaut, die das Anwesen errichtet haben."

Ich wartete darauf, dass sie fortfuhr. Sie tat es nicht, also forderte ich sie auf. „Warum sollten sie einen Tunnel unter einem Haus bauen?"

„Weißt du, sie hatten einen Streichelzoo", erklärte sie. „Sie hatten alle möglichen Tiere. Sie ließen den Tunnel als Erlebnis bauen. Piraten, glaube ich."

Als Linda fertig war mit Reden, drehte sich mir der Kopf. „Meine Schwester hat keine Ahnung von der Geschichte des Grundstücks. Sie nahm an, dass deine Eltern das Haus gebaut hätten."

„Vielleicht wusste der Makler es nicht", sagte Linda. „Und es ist schon so lange her. Ich bin überrascht, dass deine Schwester den Tunnel nicht schon früher entdeckt hat."

„Sie hat das Haus immer vermietet, und es war groß genug für die Mieter, also hat sie sich keine Gedanken darüber gemacht", erklärte ich. „Erst nachdem ich das Haus gekauft hatte, wollte ich diesen Raum renovieren. Ich war schrecklich verwirrt, warum er so vollständig abgeschlossen war."

Linda nickte. „*Jah*, meine *Mudder* und mein *Vadder* haben die innere Tür zugenagelt. Es gab einen großen Torbogen nach draußen, den sie zugemauert haben. Tatsächlich war es ursprünglich kein Haus. Die Besitzer lebten im anderen Haus, und das Haus, das du jetzt besitzt, wurde als großer Laden und Café genutzt."

Ich war überrascht. „Davon ist jetzt nichts mehr zu sehen."

„Meine Eltern haben es komplett als *Grossmammi-Haus* umgebaut. Mein Gedächtnis ist allerdings nicht mehr das, was es mal war."

„Ich verstehe. Vielen Dank für deine Hilfe. Das erklärt das Rätsel."

„Zumindest *eines* der Rätsel", murmelte Matilda.

KAPITEL 7

In der Nacht zuvor hatte ich eine Migräne gehabt. Sie war aufgetreten, nachdem wir Linda besucht hatten, und ich war am späten Nachmittag zu Bett gegangen. Ich litt unter visuellen Migränen. Sie begannen mit kleinen blinkenden Zickzacklinien in vielen leuchtenden Farben, die sich über mein Sichtfeld ausbreiteten und blinde Flecken verursachten. Ich bekam selten wirklich schlimme Kopfschmerzen dabei, aber ich hatte Kopfdruck, und schlimmer noch, die Migränen ließen mich für die nächsten Tage erschüttert zurück. Ich hatte sie mein ganzes Leben lang.

Ich wachte auf und fühlte mich viel besser. Ich braute Kaffee, fütterte Mr. Crumbles, und bald gesellten sich Matilda und Eleanor zum Frühstück zu mir.

„Wie geht's deiner Migräne?", fragte Matilda.

„Sie ist zum Glück weg, aber ich fühle mich immer noch ein bisschen benommen."

„In dem Fall sollten wir heute Wanda besuchen und sehen, was sie über die Opfer weiß", fügte sie hinzu.

Ich hob beide Hände mit den Handflächen nach außen vor mich, um meine Ablehnung zu signalisieren. „Nein. Wandas Tochter, Waneta, hätte bis jetzt nichts gehört. Es könnte Wochen dauern, das Skelett zu identifizieren."

Matilda trommelte mit den Fingern auf den Tisch. „Im Gegenteil, das Skelett muss seit Jahren als vermisste Person gelten, und zweifellos ist auch das zweite Opfer eine vermisste Person. Angesichts der Tatsache, dass die beiden offensichtlich in irgendeiner Weise miteinander verbunden sind, denke ich nicht, dass es lange dauern wird, sie zu identifizieren."

„Ich glaube, du bist ein bisschen zu optimistisch." Ich nippte an meinem Kaffee. „Außerdem muss ich heute einen vollen Arbeitstag im Cupcake-Laden einlegen."

Matilda klatschte einmal in die Hände. „Dann ist das geklärt. Wir werden Wanda nach der Arbeit besuchen. Das gibt ihrer Tochter einen ganzen Tag Zeit, im Büro des Gerichtsmediziners nach Informationen zu suchen."

„Aber was, wenn sie bis heute Nachmittag nichts wissen?", sagte ich.

Eleanor meldete sich zu Wort. „Kein Schaden, kein Foul." Mir fiel zum ersten Mal auf, dass sie einen blassrosa Bademantel trug, der mit Bildern von grauen Ziegen bedeckt war. Riesige Lockenwickler bedeckten ihren Kopf.

„Wie gefällt dir mein neuer Bademantel?", fragte Eleanor, zweifellos weil sie sah, wie ich ihn anstarrte.

„Er ist, ähm, sehr ungewöhnlich", sagte ich ehrlich.

„Ja, ich habe ihn online gekauft. Er war ein Schnäppchen."

Matilda murmelte etwas, aber glücklicherweise schien Eleanor es nicht zu hören.

„Also gut, dann ist es abgemacht. Nach Ladenschluss fahre ich nach Hause, und wir drei können Wanda besuchen, um zu sehen, ob Waneta irgendwelche Informationen hat."

Der Tag verging ereignislos. Wir hatten mittags einen Ansturm von Kunden und dann am Nachmittag nicht mehr so viele. Rebeccas neue Assistentin, Naomi, machte sich ganz gut. Etwa fünfzehn Minuten vor Ladenschluss kam Rebecca zu mir. „Warum gehst du nicht jetzt, Jane? Es sieht nicht so aus, als ob heute noch viele Kunden kommen würden, und du schaust dauernd auf die Uhr."

„Danke, Rebecca. Ich habe Pläne mit Matilda und Eleanor."

„Ihr wollt bei Wanda vorbeischauen."

Ich war schockiert. „Woher wusstest du das?"

Rebecca kicherte. „Du bist ziemlich berechenbar, Jane."

Matilda und Eleanor warteten auf mich auf der

Veranda. Ich hatte nicht einmal Zeit, den Motor abzustellen, bevor sie die Treppe hinunter sprinteten und ins Auto sprangen. „Ist das nicht aufregend!", sagte Eleanor, nachdem sie eine feuchte Shoofly Pie auf den Rücksitz gelegt hatte.

„In der Tat", sagte Matilda. „Worauf wartest du? Los geht's, Jane."

Normalerweise arbeitete Wanda in ihrem Gemüsegarten, wenn wir ankamen, aber diesmal war sie nirgends zu sehen. Ihr Kutschpferd war nicht draußen angebunden, also gingen wir drei zum Haus. Ich hob die Hand, um zu klopfen, als die Haustür aufflog. „Genau pünktlich!", rief Wanda aus. „Wie gehts?"

„Uns geht's gut, danke. Bin ich wirklich so berechenbar?", fügte ich mit einem Kichern hinzu.

„Jah", sagte Wanda. „Kommt rein. Ich habe das Abendessen fertig."

„Abendessen?"

„Ich habe euch erwartet", sagte sie schlicht.

Wir dankten ihr alle. Sie führte uns zu einem alten Eichentisch, der direkt vor der Küchentür stand. Frisch gebackenes Brot, Brezeln zum Essen mit Eis zum Nachtisch und verschiedene Relishes standen auf dem Tisch. Amische kamen oft unangemeldet zur Essenszeit vorbei, und es war üblich, alle zu verköstigen.

Wanda nahm mein Angebot zur Hilfe an. Bald war der Tisch beladen mit cremigem Kartoffelpüree, Stangensellerie in Sahnesoße, John Cope's Mais und

Chow Chow. Ich konnte sehen, dass Matilda und Eleanor darauf brannten, etwas über die Opfer zu erfahren, aber sie wussten, dass es unhöflich wäre, zu fragen, bevor sie etwas von der Mahlzeit gegessen hatten.

Nachdem wir die Hauptmahlzeit gegessen hatten, half ich Wanda, den Tisch abzuräumen. Sie bedeutete mir, einen Amischen Erdnussbutterkuchen zum Tisch zu bringen, und sie folgte mir mit Eis.

Wanda kicherte. „Ihr wollt sicher alle hören, was Waneta über die Opfer herausgefunden hat."

Matilda sprach als Erste. „Ja! Hat sie etwas herausgefunden?"

Wanda nickte. „Ja, in der Tat. Sie waren tatsächlich beide Mitglieder der Johnson-Bande."

Ich hatte noch nie von der Johnson-Bande gehört, aber sowohl Matilda als auch Eleanor keuchten auf. „Die Johnson-Bande aus Kalifornien?", fragte Eleanor.

„Jah. Sie haben Banken in Kalifornien ausgeraubt und kamen dann hierher und raubten Banken näher an ihrer Heimat aus. Die Männer in der Bande stammten aus dieser Gegend, wisst ihr."

Matilda und Eleanor tauschten Blicke aus. „Das wussten wir nicht", sagten sie im Chor.

„Ich habe noch nie von der Johnson-Bande gehört", sagte ich.

Matilda war diejenige, die mir antwortete. „Sie waren eine berüchtigte Bande vor etwa zehn Jahren. Du hast damals in New York gelebt, Jane, aber ich bin überrascht, dass du nichts davon in den Nachrichten gehört hast."

„Ich habe es wahrscheinlich gehört, aber nicht besonders darauf geachtet", sagte ich. „Ich schaue normalerweise keine Nachrichten, weil es meistens schlechte Nachrichten sind. Ich bevorzuge gute Nachrichten."

Matilda und Eleanor sahen mich an, als wäre ich verrückt geworden. Matilda zuckte leicht mit den Schultern und fuhr fort. „Sie haben eine der großen kalifornischen Banken um fünfzig Millionen Dollar ausgeraubt, bevor sie nach Pennsylvania zurückkamen, um andere Banken um geringere, aber immer noch beträchtliche Beträge zu erleichtern."

Ich war schockiert. „Sind sie damit durchgekommen?"

„Offensichtlich nicht, da zwei von ihnen unter deinem Haus ermordet wurden", sagte Matilda.

Ich schwieg einen Moment und verarbeitete die Information. „Und wie viele waren in der Bande?"

„Ich glaube, es waren fünf", sagte Eleanor und sah ihre Schwester zur Bestätigung an.

Matilda nickte. „Das stimmt. Ich bin mir sicher, dass es fünf waren. Und Wanda, zwei dieser fünf Opfer wurden unter Janes Haus gefunden?"

„*Jah*, das stimmt", sagte Wanda.

„Nun, das ist alles sehr seltsam." Ich kratzte mich am Kopf und tauchte dann eine Brezel in etwas Eis. Da niemand sonst sprach und sich alle ihren Desserts zugewandt hatten, fügte ich hinzu: „Das erklärt, wie die beiden Todesfälle zusammenhängen, aber warum mit zehn Jahren Abstand?"

„Waneta sagte, dass vier von ihnen erst kürzlich aus dem Gefängnis entlassen wurden."

Matilda setzte ihren Löffel mit einem dumpfen Geräusch ab. „Aha! Das erklärt es. Sie kamen kürzlich aus dem Gefängnis und ermordeten das jüngste Opfer, das offensichtlich die anderen verpfiffen hatte."

„Verpfiffen?", fragte ich, gefolgt von einem schnellen: „Oh, er war der Spitzel?"

„Wir wissen es nicht, aber es ist gut möglich", sagte Matilda.

„Wurde das ganze gestohlene Geld gefunden?", fragte ich Wanda.

„Darüber weiß ich nichts", sagte sie. „Waneta hat mir nur erzählt, dass sie Mitglieder einer berühmten Bande waren und nannte mir den Namen und ein paar andere kleine Details."

„Bitte danke Waneta von uns", sagte ich. „Das ist sehr hilfreich."

Als wir nach dem Abendessen in Wandas Wohnzimmer saßen und Wiesentee tranken, lud Wanda uns ein, Dutch Blitz zu spielen, ein bei den Amischen beliebtes Kartenspiel.

„Jane, ich kann nicht glauben, dass wir das zu Hause nicht öfter spielen", sagte Matilda nach fünf Minuten. „Das macht richtig Spaß."

Ich zwang mich zu einem Lächeln. Ich wollte einfach nur nach Hause gehen und Damon anrufen, um ein nettes Gespräch zu führen. Trotzdem war es eine gute Gesellschaft, und es erinnerte mich an meine Jugendzeit.

Trotzdem kreisten meine Gedanken immer wieder um die Bankräuber. Warum wurden zwei von ihnen unter meinem Haus ermordet?

Als es Zeit war zu gehen, bedankten wir uns bei Wanda. Ich war schon halb aus der Tür, als ich hörte, wie Matilda zu Wanda sagte: „Hat Waneta zufällig noch etwas anderes erwähnt?"

Ich drehte mich um. Wanda zögerte einen Moment und sagte dann: „Nichts, was ihr nicht schon wisst. Nur dass einer der Bankräuber früher das Haus besaß, das Jane jetzt gehört."

KAPITEL 8

„Aber, was, was?", stotterte ich. „Wir haben gestern die Dame gesehen, deren Eltern dieses Haus gebaut haben. Die Dame hat uns erzählt, dass ihre Eltern es von den Leuten gekauft haben, die den Streichelzoo hatten."

Wandas Mund klappte auf. „Oh, tut mir leid. Ich dachte, du wüsstest das?" Ich sah sie weiterhin verständnislos an, also fuhr sie fort. „Ich bin überrascht, dass Rebecca und Ephraim das nicht wissen. Nein, das Haus wurde von Martin Marks' *Familye* gebaut. Sie haben es an die Streichelzoo-Leute verkauft. Die Streichelzoo-Leute haben es nicht gebaut."

„Aber Linda, die Amisch-Dame, sagte, dass die Streichelzoo-Leute es als Laden und Café gebaut hätten und ihre Eltern es umgebaut hätten."

Wanda schüttelte den Kopf. „*Nee*, die Leute mit dem Streichelzoo haben es zu einem Laden und Café umgebaut, nachdem sie es von Martin Marks' *Familye* gekauft hatten."

„Und Martin Marks war einer der Bankräuber?", fragte Matilda.

„*Jah.*" Wanda hielt inne, um sich am Kinn zu kratzen. „Das war alles vor einiger Zeit, und ich bin viel älter als Rebecca und Ephraim. Sie kannten offensichtlich die Geschichte des Hofes nicht, als sie ihn kauften."

„Aber hätten sie nicht von einem berüchtigten Bankräuber gehört?", sagte Eleanor, gefolgt von: „Natürlich, deine Schwester ist Amisch, Jane. Sie und ihr Mann schauen keine Nachrichten."

Wanda kicherte. „Aber Neuigkeiten verbreiten sich sehr schnell in unserer Gemeinschaft. Das ist lange her. Soweit ich mich erinnere, waren die Eltern beschämt wegen ihres Sohnes. Er wurde nicht in diesem Haus großgezogen, wohlgemerkt. Tatsächlich weiß ich nicht, ob er je in dem Haus gelebt hat, aber nachdem seine Eltern gestorben waren, erbte er es."

Ich war immer noch etwas verwirrt. „Also, hat der Mann, der zum Bankräuber wurde, es direkt an die Streichelzoo-Leute verkauft?"

„Ja, ich glaube schon. Ich kann es nicht mit Sicherheit sagen."

Wir gingen zurück zu meinem Auto und diskutierten ohne Verzögerung über die Wendung der Ereignisse.

„Aber das ergibt keinen Sinn", protestierte ich. „Kennen wir die Identität des Skeletts schon? Wenn

Martin Marks das Skelett ist, dann konnte er offensichtlich nicht am Leben gewesen sein, um es an die Streichelzoo-Leute zu verkaufen."

„Offensichtlich wurde er ermordet, nachdem die Streichelzoo-Leute übernommen hatten", sagte Eleanor.

Matilda grunzte. „Nein, natürlich nicht, Eleanor. Siehst du das nicht? Er wurde *ermordet*. Die Streichelzoo-Leute hätten ein Skelett am Anfang ihres Tunnels bemerkt!"

„Dann ist das schrecklich verwirrend", sagte ich. „Er verschwand vor Ewigkeiten, und niemand hat unter meinem Haus nachgesehen."

Wir schwiegen einen Moment. Schließlich brach Matilda das Schweigen. „Vielleicht hat ihn jemand an diesen Ort gelockt, um ihn zu ermorden, wissend, dass ihn nie jemand finden würde, nachdem der Streichelzoo verkauft und zugenagelt wurde. Wir müssen dieses genaue Datum herausfinden und sehen, ob es mit dem geschätzten Todeszeitpunkt übereinstimmt", sagte Matilda.

„Das ist eine gute Idee." Ich dachte darüber nach und fügte dann hinzu: „Ich muss mir das alles aufschreiben. Es bringt meinen Kopf zum Schwirren."

„Du bekommst doch nicht wieder deine Migräne?", Eleanors Stimme war voller Sorge.

„Ich hoffe wirklich nicht. Nein, ich glaube nicht. Also, was machen wir als Nächstes?"

„Wir recherchieren zunächst über die beiden

Opfer", sagte Matilda. „Wir wissen nicht, ob das Skelett *Martin Marks ist.* Und es scheint, dass derjenige, der das erste Opfer ermordet hat, auch das zweite Opfer ermordet hat. Möglicherweise war der Mörder zuversichtlich, da niemand je den ersten Körper entdeckt hatte. Das müsste es auf die Mitglieder der Bande eingrenzen, die kürzlich aus dem Gefängnis entlassen wurden. Das Timing ist ziemlich offensichtlich."

„Aber ist es nicht *zu* offensichtlich?", fragte ich. „Ich bin sicher, der Mörder will nicht direkt wieder ins Gefängnis. Diese Männer würden wissen, dass die Polizei sie verdächtigen würde."

„Dann wird unser nächster Schritt an unseren Computern sein", sagte Eleanor. „Wir müssen uns keine Sorgen ums Abendessen machen, da Wanda freundlicherweise dafür gesorgt hat, also können wir ein paar Stunden an unseren Computern verbringen und so viele Beweise wie möglich finden."

Es dauerte nicht lange, bis wir zu Hause waren, und ich war überrascht, ein Auto vor meinem Haus zu sehen. Als ich aus meinem Auto stieg, beleuchtete das Mondlicht die Gestalt von Detective Damon McCloud.

Er eilte zu mir. „Jane, geht es Ihnen gut?"

Ich war verblüfft. „Ja, warum sollte es mir nicht gut gehen?"

„Ich habe mehrmals angerufen und Nachrichten hinterlassen, aber es gab keine Antwort."

„Das ist seltsam. Ich habe mein Handy nicht

ausgeschaltet oder die Lautstärke reduziert." Ich griff in meine Handtasche und zog mein Handy heraus. „Oh, mein Akku ist leer! Ich muss vergessen haben, es letzte Nacht aufzuladen, als ich Migräne hatte."

„Lasst uns alle reingehen." Damon ließ seinen Blick über die Landschaft schweifen. Ich fand sein Verhalten ziemlich seltsam, behielt meine Meinung aber für mich.

Als wir drinnen waren, fragte Matilda: „Möchten Sie einen Kaffee, Damon? Oder einen heißen Wiesentee?"

„Kaffee wäre schön, danke." Damon saß mit ernster Miene da, bis Matilda mit Wiesentee für uns drei und Kaffee für Damon zurückkehrte. Sie stellte einen Teller mit Red Velvet Cupcakes direkt vor ihn.

„Wo ist mein Cupcake?", fragte Eleanor.

„Wir haben gerade eine große Mahlzeit gehabt", protestierte Matilda.

Eleanor schmollte. „Aber wenn ich einen Kuchen sehe, muss ich ihn essen."

Matilda verdrehte die Augen und ging zurück in die Küche, diesmal kehrte sie mit einem übergroßen Teller voller verschiedener Cupcakes zurück. Sie stellte ihn mit einem dumpfen Geräusch auf den Couchtisch und sagte dann: „Sind das genug für dich?"

Eleanor lächelte breit. „Ja, danke."

Ich kam direkt auf den Punkt. „Was ist los, Damon?"

„Ich will Sie nicht beunruhigen", begann er, aber Matilda unterbrach ihn.

„Einen Satz so zu beginnen, ist eine garantierte Methode, jemanden zu beunruhigen."

Damon lachte reumütig. „Wir haben die Identität der Opfer herausgefunden."

Ich wollte schon sagen, dass wir bereits wussten, dass es Bankräuber waren, aber Matilda beeilte sich klugerweise, zuerst zu sprechen. „Wirklich? Und wer könnte es sein?"

„Das erste Opfer war ein Bankräuber namens Craig Williams, und das zweite Opfer war ein Bankräuber aus derselben Bande namens Todd Johnson." Zu mir sagte er: „Hast du schon mal von der Johnson-Bande gehört?"

„Erst kürzlich", sagte ich. Das war zumindest die Wahrheit.

Damon nickte halb und fuhr fort. „Martin Marks war in derselben Bande. Seine Eltern haben dieses Haus hier gebaut, Jane. Er hat es geerbt, als sie starben. Ich glaube nicht, dass er jemals hier gewohnt hat. Er verkaufte es an andere Leute, die es an eine amische Familie verkauften, die es wiederum an Rebecca und Ephraim verkauften."

„Bist du sicher?", fragte ich.

Damon schien von meiner Frage überrascht. „Ja, warum?"

Ich überlegte sorgfältig, bevor ich antwortete. „Ich glaube nicht, dass Rebecca das weiß. Sie hat mir erzählt, dass Amische das Haus gebaut haben. Ich nehme an, die Eltern des Bankräubers waren keine Amischen?"

Damon lachte. „Sicher nicht, und ich weiß, dass Rebecca es nicht wusste. Als du nicht zu Hause warst, habe ich mit Rebecca und Ephraim gesprochen. Sie sagten mir, dass du gerade eine amische Dame besuchst."

Wir nickten alle. Ich hoffte, Damon würde die Verbindung nicht herstellen.

„Ja, wir haben gerade dort zu Abend gegessen", sagte Matilda. „Damon, wenn der Bankräuber Craig Williams ermordet wurde, nachdem sein Bankräuber-Freund das Haus verkauft hatte, wie kam er dann hier unter die Erde? Sicherlich wurde die Leiche dort erst deponiert, nachdem Martin Marks das Haus nicht mehr besaß."

„Ja, genau", sagte Damon. „Ich gebe zu, es *ist* ein bisschen rätselhaft."

Ich hob eine Hand. „Moment mal. Damon, woher weißt du das alles? Du bist doch gar nicht an dem Fall dran."

Er wurde knallrot. „Nein, aber Detective Wright hat mich über die Ereignisse auf dem Laufenden gehalten."

Ich biss mir auf die Lippe.

„Und da ist noch mehr, oder?", fragte Matilda.

Damon nickte. „Die drei verbliebenen Mitglieder der Bande wurden erst kürzlich aus dem Gefängnis entlassen."

„Also sieht es so aus, als ob einer von ihnen der

Mörder ist", sagte ich, „da Todd erst ermordet wurde, nachdem die anderen drei aus dem Gefängnis entlassen wurden."

„So sieht es aus", sagte Damon, „aber Detective Wright hat mir keinen Hinweis darauf gegeben, ob es andere Verdächtige gibt. Es ist nicht klug, voreilige Schlüsse zu ziehen."

Matilda stimmte bereitwillig zu. „Ganz richtig, ganz richtig."

„Und warum denkst du, dass Jane in Gefahr ist?", fragte Eleanor.

Damon zuckte leicht zusammen. „Was lässt dich denken, dass ich das denke?"

„Es steht dir ins Gesicht geschrieben", sagte Eleanor.

Damon schien von ihren Worten überrascht. „Ich mache mir Sorgen um euch drei. Die Bankräuber waren jahrelang aktiv, bevor sie endlich gefasst wurden. Detective Wright hat mir gesagt, dass noch zehn Millionen Dollar ausstehen."

„Wenn du sagst ‚noch ausstehen', meinst du damit, dass sie immer noch zehn Millionen Dollar haben?", fragte ich ihn.

Er nickte. „Ja, ein mögliches Szenario ist, dass Martin Marks das Geld irgendwo hier in der Gegend versteckt hat."

Ich war entsetzt. „In meinem Haus?"

„Irgendwo auf deinen fünf Hektar." Damon machte eine ausladende Handbewegung.

„Vielleicht unter den Dielen oder sonst wo in Janes Haus", fügte Eleanor hinzu.

„Dann werden diese Bankräuber hierherkommen und versuchen, uns alle im Schlaf zu ermorden!" Ich konnte hören, wie meine Stimme in die Höhe schoss, aber ich konnte es nicht verhindern. Ich musste mich in meinem eigenen Haus sicher fühlen, und im Moment fühlte ich mich alles andere als das. Ich sprang auf.

Damon kam sofort zu mir herüber und legte seinen Arm um mich. „Wir wissen nicht sicher, ob du in Gefahr bist, Jane. Ich mache mir nur Sorgen um dich." Er sah Matilda und Eleanor an und fügte hinzu: „Und um euch beide natürlich auch."

Eleanor nahm Mr. Crumbles hoch. „Und um Mr. Crumbles. Wenn ich nur sein Angriffstraining fortgesetzt hätte!"

„Was sollen wir tun?", fragte ich.

„Ist Rebeccas Wohnung noch vermietet? Du könntest dorthin zurückgehen."

„Nein, Aaron Alexander hat immer noch den Mietvertrag", sagte ich. „Ist Rebecca in Sicherheit?"

„Sicher. Ich denke, alle Nachbarn, einschließlich deiner Schwester und ihres Mannes, sind sicher", sagte Damon. „Diese Leute sind keine Serienmörder. Sie sind hinter den zehn Millionen Dollar her und vermuten vielleicht, dass sie hier versteckt sind. Jane, vielleicht solltet ihr alle für eine Weile woanders bleiben."

„Ich möchte hier bleiben", protestierte ich. „Ich

werde morgen ein paar Überwachungskameras kaufen."

„Wir können auf uns selbst aufpassen", sagte Matilda. „Eleanor und ich haben früher Kampfsport gemacht."

Damon öffnete den Mund, um zu sprechen, schloss ihn aber schnell wieder. Es war klar, dass er es sich anders überlegt hatte, seine Meinung zu äußern, und das war auch gut so.

„Jane, es gefällt mir wirklich nicht, dass du hier bleibst, bis diese Sache geklärt ist. Dass irgendjemand von euch hier bleibt", verbesserte er sich.

„Wenn Jane bleiben möchte, bin ich sicher, dass wir alle völlig sicher sein werden", sagte Matilda.

„Ich werde Detective Wright fragen, ob er damit einverstanden wäre, dass ein Streifenwagen ein- oder zweimal am Tag vorbeifährt."

„Mach dir darüber keine Sorgen", sagte ich. Ich dachte an all die Filme, in denen Streifenwagen ein paar Mal am Tag vorbeifuhren, und diese Filme hatten nie ein gutes Ende. Ich schauderte.

In dieser Nacht lag ich im Bett und zuckte bei jedem kleinen Geräusch zusammen. Vielleicht *sollte* ich darüber nachdenken, woanders zu bleiben. Vielleicht könnten wir drei und Mr. Crumbles in ein Hotel gehen. Trotzdem mussten wir zurückkommen, um nach den Ziegen zu sehen, aber das wäre sicherer als nachts in einem dunklen Haus zu schlafen.

Ich hatte mein Haus immer als meine kleine

Zuflucht betrachtet, aber nie vermutet, dass die ganze Zeit über zwei Mordopfer unter dem Haus lagen.

KAPITEL 9

Wie üblich wachte ich am nächsten Morgen vor der Dämmerung auf und schlurfte die Treppe hinunter auf der Suche nach Kaffee. Zu meiner Überraschung war Eleanor bereits in der Küche. Sie sah erhitzt und gerötet aus. „Guten Morgen, Jane", sagte sie fröhlicher, als es irgendjemand zu dieser Tageszeit sein sollte. Sie stellte eine Tasse Kaffee vor mich hin.

Mr. Crumbles saß auf einem der Küchenstühle, leckte seine Pfoten und wusch sein Gesicht. Sein leerer Futternapf stand auf dem Boden in der Nähe von Eleanors Füßen. Offensichtlich hatte er ein frühes Frühstück genossen.

„Danke." Ich griff nach meinem Kaffee und nahm einen Schluck. Nachdem ich noch ein paar Schlucke getrunken hatte, fragte ich: „Warum bist du so früh auf?"

„Ich habe mir Sorgen um das Loch in der Wand

gemacht", sagte sie. „Wir wollen nicht, dass Ziegen dort hineinkommen und durch die Bodendielen fallen. Ich habe angefangen, einen Zaun zu bauen, aber ich muss noch mehr Arbeit leisten. Ich wollte dich und Matilda nicht mit Klopfgeräuschen aufwecken."

„Danke", sagte ich. Ich trank meinen Kaffee aus und goss mir eine zweite Tasse ein. „Hast du gerade erwähnt, dass Ziegen in mein Haus kommen könnten? Warum sollten Ziegen in mein Haus kommen? Sie haben doch ihr eigenes Feld. Sag mir nicht, dass sie ausgebrochen sind?"

Eleanor kicherte. „Oh nein! Natürlich nicht. Es ist nur..." Ihre Stimme verstummte, und sie schien zu überlegen, was sie als Nächstes sagen sollte. Nach einer langen Pause sprach sie. „Du kennst doch Billy?"

„Ja, natürlich kenne ich ihn. Der, der den Bischof angegriffen hat?"

Anstatt verlegen zu wirken, nickte Eleanor begeistert. „Ja, er ist ziemlich bösartig! Ich werde ihn auf das Feld um das Haus herum lassen. Kein Mörder wird hier hereinkommen können, ohne sich Billy stellen zu müssen. Und er ist sehr gut darin, sich an Leute heranzuschleichen und sie anzugreifen."

Ich seufzte und wischte mir mit der Hand über die Stirn. „Aber Eleanor, Billy wird uns auch angreifen! Wie sollen wir jemals vom Haus zum Auto kommen? Und wenn wir versuchen, mit dem Auto durch das Tor zu fahren, könnte Billy entkommen."

Eleanor schien nicht im Geringsten beunruhigt.

„Nein, ich habe an all das gedacht. Du brauchst dir keine Sorgen zu machen. Ich habe an alles gedacht."

Matilda stapfte in den Raum und sah entschieden grummelig aus. „Wovon um Himmels willen redet ihr, Eleanor?", fragte sie, während sie sich eine Tasse Kaffee einschenkte.

„Ich habe beschlossen, Billy auf das Feld um das Haus herum zu lassen, nachdem ich den fehlenden Teil der Mauer eingezäunt habe. Ich habe gerade Jane alles erklärt. Billy ist sehr gut darin, sich an Leute heranzuschleichen und sie anzugreifen."

Ich erwartete, dass Matilda sagen würde, es sei eine verrückte Idee, aber zu meiner völligen Überraschung stimmte sie zu. „Weißt du, das ist nicht eines deiner dümmsten Vorhaben, Eleanor. Ich denke, die Idee hat etwas für sich."

Ein breites Lächeln breitete sich auf Eleanors Gesicht aus. „Jane hat gerade gesagt, dass sie ihr Auto nicht vor ihrem Haus parken kann, weil Billy entkommen könnte, wenn sie durch das Tor fährt. Bevor du hereingekommen bist, wollte ich Jane gerade vorschlagen, dass sie ihr Auto außerhalb des Tores parkt."

Waren sie beide verrückt geworden? „Aber Eleanor, wie sollen wir von unserem Haus zum Tor kommen, ohne dass Billy uns angreift?", protestierte ich.

Eleanor lächelte weiterhin. „Billy wird dich nicht angreifen, wenn du ihn mit Heu fütterst. Alles, was wir tun müssen, ist zum Tor und zurück zu gehen, während wir ihn mit Heu füttern. Jane, du kannst etwas Heu in deinem Kofferraum aufbewahren, sodass du, wenn du am Tor anhältst, einfach etwas Heu herausnehmen und es haltend ins Haus gehen kannst. Und wir können etwas Heu in einem Behälter auf der Veranda aufbewahren, den Billy nicht aufbrechen kann, und wir können etwas davon mitnehmen, wenn wir das Feld um das Haus verlassen müssen."

Mir schwirrte der Kopf. „Nein, ich denke, es ist eine verrückte Idee", sagte ich ehrlich, „und es wird eine Menge Aufwand sein, mit Heu zum Tor und zurück zu gehen."

„Aber es ist nicht weit", sagte Matilda. „Und würdest du nicht besser schlafen, wenn du wüsstest, dass Billy draußen vor dem Haus wartet, um einen Eindringling anzugreifen?"

Ich dachte darüber nach. „Ja, du hast recht." Sie hatten tatsächlich recht - ich würde viel besser schlafen, wenn ich wüsste, dass die bösartige Ziege Billy draußen war. Ich wollte auf keinen Fall noch eine schlaflose Nacht wie die letzte haben, und ich wollte mein Zuhause nicht verlassen. Billy schien tatsächlich die Lösung zu sein, auch wenn es eine seltsame Lösung war.

Ein Klopfen an der Tür ließ uns alle zusammenzucken. „Wer könnte das sein?", sagte Eleanor.

Ohne zu antworten, marschierte Matilda zur Tür. Momente später führte sie Damon in die Küche.

„Damon!", sagte ich überrascht. „Ich habe dich nicht erwartet. Und so früh am Morgen!"

Eine langsame Röte stieg in Damons Gesicht auf. „Es tut mir leid, Jane, aber du hast immer gesagt, dass du früh aufstehst. Ich habe mir die ganze Nacht Sorgen um dich gemacht, also habe ich ein Sicherheitssystem mitgebracht."

Erst jetzt bemerkte ich die Box, die er trug. „Oh nein, es macht mir überhaupt nichts aus", sagte ich. „Es ist schön, dich zu sehen. Möchtest du einen Kaffee?"

Damon bejahte und setzte sich mir gegenüber an den Tisch. Matilda schenkte ihm etwas Kaffee ein und stellte die Tasse vor ihn hin. „Möchtest du auch etwas *Kaffi* Suppe?", fragte sie ihn.

Damon sah verwirrt aus. „Was ist das?"

„Sag einfach nein", sagte ich mit einem Kichern. „Einige Amische mögen Kaffeesuppe. Man macht Kaffee mit Sahne und gießt ihn in eine Schüssel, dann gibt man altbackene Brotstücke hinein. Matilda mag das."

„Darauf verzichte ich, danke", sagte Damon mit einem Lachen. „Dieser Kaffee wird mir gut tun."

„Wir könnten Speck und Eier machen", sagte Eleanor. „Oder, um ganz amisch zu sein, zusammen mit der *Kaffi* Suppe - obwohl ich weiß, dass du keine nimmst, Damon - wir haben auch Scrapple."

Damon rieb sich den Bauch. „Speck und Eier klingen gut für mich. Nur will ich euch keine Umstände machen."

„Das macht überhaupt keine Umstände." Ich stand auf, um das Essen zuzubereiten.

Matilda winkte ab. „Nein, ihr beiden bleibt sitzen und unterhaltet euch, während ich das Essen zubereite. Was ist das mit einem Sicherheitssystem, Damon? Hattest du zufällig eines rumliegen? Oder wo hast du so früh am Morgen eines herbekommen?"

Erneut sah Damon verlegen aus. „Ich habe Freunde im Sicherheitsgeschäft", sagte er. „Ich konnte das gestern Abend spät noch besorgen." Er holte einige kleine weiße Kameras hervor. „Ich werde diese für euch installieren und kann die App auf deinem Handy einrichten, Jane. So kannst du in Echtzeit sehen, wer kommt und geht. Ich kann es so einstellen, dass es bei Personen Alarm schlägt, und es hat eine Wiedergabefunktion."

„Wird eine Ziege den Alarm auslösen?", fragte Eleanor. „Hat es eine Ziegen-Einstellung?"

„Eine Ziegen-Einstellung?", wiederholte Damon. Er warf mir einen Blick zu.

Ich rieb mir die Augen. „Erinnerst du dich an Billy, diese bösartige Ziege?"

„Und ob", sagte Damon mit Nachdruck.

Matilda beeilte sich zu erklären. „Eleanor baut gerade einen Zaun über die fehlende Mauer, und dann will sie das Vordertor schließen und Billy auf das Feld um das Haus herum freilassen. Er schleicht sich gerne an und greift Leute an."

„Ich werde mein Auto außerhalb des Vordertors parken, also park dein Auto beim nächsten Mal auch außerhalb des Vordertors." Ich hätte noch mehr gesagt, aber Damon unterbrach mich.

„Aber wie komme ich dann durch das Tor, wenn Billy mich angreifen wird?"

„Heu ist die Antwort", sagte Eleanor. „Ich hatte Jane schon vorgeschlagen, Heu im Kofferraum zu haben, aber jetzt sehe ich, dass ich einen wasserdichten Behälter mit Heu außerhalb des Tores aufstellen muss. Du bist völlig sicher vor Billy, wenn du Heu hast. Er ist ein langsamer Fresser und knabbert gerne, also ist jeder sicher, wenn er vom Tor zum Haus geht und eine große Handvoll Heu hat. Ich werde auch einen ziegensicheren Behälter mit Heu auf der Veranda aufstellen. Jeder wird sicher sein, solange er daran denkt, Heu zu halten, wenn er auf dem Feld um das Haus herum ist."

Damon starrte mich an, als ob er darauf wartete, dass ich Einspruch erhebe. Stattdessen sagte ich: „Ich fand es anfangs eine sehr seltsame Idee, aber ich muss zugeben, dass ich nachts besser schlafen werde, wenn ich weiß, dass Billy frei herumläuft."

„Sicher würdest du nachts besser schlafen, wenn du nicht hier bleiben würdest, und *ich* würde besser schlafen, wenn ich mir keine Sorgen um dich machen müsste." Er korrigierte schnell seine Aussage. „Keine Sorgen um euch drei."

„Ich würde mir keine Sorgen machen", sagte ich lachend. „Billy ist bösartig. Er greift jeden an."

„Aber habt ihr in Betracht gezogen, dass es mehr als eine Person sein könnte?", fragte Damon.

Daran hatte ich nicht gedacht, und ich sagte es auch. „Meinst du, die drei überlebenden Bandenmitglieder könnten zusammenarbeiten?"

„Zweifellos", sagte Damon. „Und ich bezweifle, dass Billy drei Personen gleichzeitig angreifen könnte."

„Oh doch, das könnte er!", sagte Eleanor. „Ich habe vollstes Vertrauen in Billy."

Ein Textnachrichtenton ertönte von Damons Handy. Er las sie und keuchte dann.

KAPITEL 10

Damon stand auf. „Es tut mir leid, Jane, ich muss gehen. Ich installiere die, wenn ich zurück bin."

„Du musst an einem Samstag arbeiten?", fragte Matilda.

„Leider hält sich Verbrechen nicht an Bürozeiten." Damons Lächeln war wehmütig.

„Es hat doch nichts mit diesem Fall zu tun, oder?", fragte ich.

Damon beeilte sich, mich zu beruhigen. „Nein, es ist ein anderer Fall. Ich sehe dich später, Jane."

Einen Moment lang dachte ich, er würde mich küssen, aber dann blickte er zu den Schwestern und verließ den Raum.

„Mir war gar nicht bewusst, dass heute Samstag ist", sagte ich. „Ich muss heute nicht arbeiten."

Eleanor schnalzte mit der Zunge. „Aber du arbeitest doch immer am Samstagvormittag."

Ich schüttelte den Kopf. „Habe ich euch das nicht erzählt? Rebecca und Naomi gehen zu einem Scheunenfest." Ich erwähnte nicht, dass ich angeboten hatte, den Laden mit Matildas und Eleanors Hilfe zu führen, Rebecca aber schnell abgelehnt und gesagt hatte, es würde dem Geschäft nicht schaden, für einen Tag geschlossen zu bleiben.

Eleanor rieb sich freudig die Hände. „Ausgezeichnet! Das bedeutet, wir können den Tag mit Ermittlungen verbringen."

„Was für Ermittlungen?", fragte ich misstrauisch. Mr. Crumbles sprang mir auf den Schoß und schnurrte laut. Er streckte seinen Hals vor, damit ich ihn unter dem Kinn kraulen konnte.

„Ich war bis spät auf und habe auf meinem Laptop recherchiert", erzählte mir Matilda. „Ich habe herausgefunden, dass eine der Bankräuberinnen verheiratet ist und in einem Friseursalon arbeitet."

Ich hielt abwehrend beide Hände vor mich. „Auf keinen Fall lasse ich sie meine Haare schneiden oder färben!"

Matilda und Eleanor tauschten Blicke aus. Mir dämmerte, dass dies Teil ihres Plans gewesen war. Ich verschränkte zur weiteren Betonung die Arme vor der Brust.

Matilda starrte mich an, aber ich wich ihrem Blick nicht aus. Schließlich seufzte sie theatralisch. „Na gut, wenn du darauf bestehst. Eleanor kann einen Schnitt und eine Färbung bekommen."

Ich erwartete, dass Eleanor protestierend aufschreien würde, aber sie schien ganz zufrieden. „Das wäre wunderbar. Ich wollte schon lange eine Veränderung. Mein jetziger Stil ist so schwer zu pflegen." Sie deutete auf die Fülle von Jumbo-Lockenwicklern in ihrem Haar.

„Lassen wir Eleanor dann alleine gehen?", fragte ich Matilda.

„Nein, ich werde versuchen, für uns beide eine Intensivpflege zu buchen, während Eleanor dort ist. Ich rufe um neun an, wenn sie öffnen, und sehe, ob wir für heute einen Termin bekommen können."

„Die werden sicher ewig im Voraus ausgebucht sein", sagte ich.

Matilda zuckte nur mit den Schultern. „Online steht, dass Martin Marks' Frau den ganzen Tag im Salon arbeitet, also können wir zu seinem Haus gehen und mit ihm sprechen."

Mein Tag wurde immer schlimmer. „Mit ihm sprechen?", wiederholte ich alarmiert. „Was sollen wir denn sagen? Hallo, Herr Marks, könnten Sie uns sagen, ob Sie Craig Williams und Todd Johnson ermordet haben?"

„Natürlich nicht, Jane", sagte Eleanor in vernünftigem Ton. „Matilda und ich haben gestern Abend beschlossen, dass wir für die Amischen sammeln werden. Es gibt doch sicher gerade eine Sache, für die wir sammeln könnten?"

„Ja, das Scheunenfest", sagte ich. „Die Scheune

einer Familie ist abgebrannt, und sie brauchen das Geld."

Matilda strahlte. „Ausgezeichnet! Wir können ihn gefahrlos befragen, während seine Frau weg ist."

Ich schüttelte den Kopf. „Er wird uns wahrscheinlich die Tür vor der Nase zuschlagen! Warum sollte er uns auch nur eine Sekunde seiner Zeit schenken? Bestenfalls macht er eine kleine Spende, bevor er uns die Tür vor der Nase zuschlägt. Was erhoffst du dir davon zu entdecken?"

„Zumindest können wir uns einen Eindruck von dem Mann verschaffen", sagte Matilda, „und vielleicht sogar einen Blick in sein Haus werfen. Es ist zumindest ein Anfang."

Ich ergab mich meinem unvermeidlichen Schicksal. „Okay, und wann machen wir das?"

„Sobald wir bestätigt haben, dass seine Frau heute im Friseursalon sein wird", erklärte mir Matilda. „Wie schade, dass Damon so plötzlich gehen musste. Ich nehme an, ich werde seinen Speck und seine Eier essen müssen."

Nach dem Frühstück half ich Eleanor, einen provisorischen Zaun über den Bereich zu bauen, wo die Wand gewesen war. „Wenn die Polizei damit nur bald fertig wäre", klagte ich. „Dann könnte ich einen Bauunternehmer finden, um die Bodendielen hier zu reparieren." Ich fragte mich, ob ich diesen Raum jemals würde nutzen können, angesichts dessen, was dort passiert war.

Wir hatten gerade einen provisorischen Zaun

aufgestellt, um die fehlende Wand zu ersetzen und Billy daran zu hindern, den Raum zu betreten, als Matilda um die Ecke des Gebäudes geeilt kam. „Gute Neuigkeiten! Martin Marks' Frau, Daphne May, ist heute tatsächlich im Salon. Ich habe dich für heute Nachmittag eingebucht, Eleanor, und Jane, ich habe für uns beide Intensivpflege-Behandlungen gebucht."

Ich war sofort misstrauisch. „Das ist doch sicher ein Warnsignal", sagte ich. „Findest du es nicht seltsam, dass es keine Wartezeit für Termine gibt? Vielleicht ist Daphne May einfach eine wirklich schlechte Friseurin, und deshalb konnten wir so leicht einen Termin bekommen."

„Ihr Können ist für uns nicht von Bedeutung", sagte Matilda. „Wichtiger ist, dass Eleanor die Gelegenheit bekommt, sie zu befragen."

Eleanor sah ziemlich beleidigt aus. „Nun, für mich ist es wichtig."

„Es wird schon gut gehen", sagte Matilda mit einer wegwerfenden Handbewegung. „Was ist das Schlimmste, das passieren könnte? Deine Haare wachsen schnell, und du könntest sie immer noch mal färben, wenn sie einen schlechten Job macht."

Eleanor schmollte. „Wir werden keine Zeit haben, Billy zu organisieren."

„Das kannst du später am Nachmittag machen." Damit eilte Matilda um die Hausecke.

Es dauerte nicht lange, bis ich zu Martin Marks' Haus fuhr. Ich fand es leicht, dank Eleanors Wegbeschreibung.

Das Haus war ein unauffälliges weißes Holzhaus ohne Vorgartenzaun. Es lag etwas zurückgesetzt von der Straße und war teilweise von Bäumen verdeckt. Ich fuhr ein Stück an seinem Haus vorbei und parkte. „Wir sollten so tun, als würden wir zuerst bei anderen Leuten sammeln, falls er misstrauisch ist und sich nach unserem Besuch mit seinen Nachbarn unterhält", sagte Eleanor.

Matilda widersprach. „Was für ein Unsinn! Warum sollte er misstrauisch sein? Wir sehen aus wie ein paar alte Damen, und Jane sieht aus wie eine langweilige Frau mittleren Alters."

„Vielen Dank auch!", sagte ich.

Matilda ging einfach in Richtung von Marks' Haus los. Ich eilte ihr nach, bevor mir auffiel, dass ich die Sammeldose im Auto gelassen hatte. Ich überholte Matilda, die zu Eleanor sagte: „Vielleicht ist er hinten im Garten."

Ein Mann kam an der Seite des Hauses entlanggerannt. „Haben Sie einen Hund gesehen?", fragte er dringend. „Mein Hund ist verschwunden. Ich habe gerade festgestellt, dass meine Hintertür offen steht." Er klang ziemlich panisch. „Sie ist schwarz-weiß und flauschig."

„Wenn wir sie sehen, kommen wir und holen Sie", sagte Matilda. Der Mann rannte ohne ein weiteres Wort hinter sein Haus zurück.

Matilda packte meinen Arm. „Das ist es!", sagte sie. „Das ist unser Weg hinein! Wir müssen seinen Hund finden. Schnell, Jane, zurück zum Auto."

Die beiden Schwestern rannten zum Auto. Ich lief hinterher, konnte sie aber nicht einholen. Wie hatten diese älteren Damen gelernt, so schnell zu rennen? Ich war nur halb so alt wie sie, hatte aber nicht ihre Geschwindigkeit.

„Und jetzt?", fragte ich, als ich keuchend ins Auto sprang.

Matilda wedelte mit beiden Armen in meine Richtung. „Wir müssen natürlich diesen Hund finden. Los geht's, Jane!"

„Sein Haus grenzt an den Wald, also ist der Hund offensichtlich dort", sagte ich.

„Nichts ist offensichtlich, Jane", sagte Matilda. „Fahr langsam durch die Straße, und wir werden in jedermanns Garten schauen."

Ich fuhr langsam und dachte, es sei eine wilde Gänsejagd. Wir fuhren die Straße auf und ab, ohne ein Zeichen des Hundes zu sehen. „Nochmal", sagte Eleanor, aber Matilda war anderer Meinung.

„Bieg links ab", sagte sie. Ich bog links ab und fuhr weiter. Schließlich entschied Matilda, dass wir zu Marks' Straße zurückkehren sollten.

„Das hab ich gleich am Anfang gesagt", beschwerte sich Eleanor.

Plötzlich trat ich auf die Bremse. „Das ist ein schwarz-weißer Hund!" Der Hund lief umher und schnüffelte in jemandes Garten. „Wir wollen ihn nicht erschrecken", sagte ich.

Ehe ich mich versah, war Eleanor aus dem Auto und sprintete über die Straße, während sie etwas aus ihrer Tasche zog. Der Hund kam auf sie zu, und sie legte ihm ein Stück Seil um den Hals. Im nächsten Moment saßen sie und der Hund auf dem Rücksitz meines Autos. „Was hast du dem Hund gegeben?", fragte ich sie.

„Ein paar von Mr. Crumbles' Leckereien", sagte sie. „Ich habe sie immer in meiner Tasche."

Ich fragte gar nicht erst nach dem Seil um den Hals des Hundes. Matilda und Eleanor schienen mehrere unerwartete Gegenstände bei sich zu tragen.

„Na, sitz nicht einfach da rum, Jane", ermahnte mich Matilda. „Bring den Hund zu Martin Marks zurück."

Als ich den Wagen vor Martin Marks' Haus zum Stehen brachte, stand er auf seinem Vorgarten und sah sich hektisch um. Ich stieg aus dem Auto. „Ist das Ihr Hund?", fragte ich ihn.

Er rannte zum Hund. „Fang!", sagte er mit Tränen in den Augen. „Ich dachte, ich würde dich nie wiedersehen." Er war ganz aufgelöst. Ich erwartete, dass er jeden Moment in Tränen ausbrechen würde. „Darf ich Ihnen Damen eine Belohnung anbieten?"

„Nein, aber eine Tasse heißer Tee wäre schön", sagte Matilda. „Es würde meiner älteren Schwester guttun, die *viel* älter ist als ich. Sie ist diejenige, die Ihren Hund gefangen hat, und sie hat ein Herzleiden. Eine schöne Tasse Tee würde helfen."

Marks sah sofort alarmiert aus. „Soll ich den Notarzt rufen?"

„Nein, ich habe gerade meine Tabletten

genommen, also wäre eine Tasse Tee wunderbar, bitte", sagte Eleanor mit schwacher Stimme.

Er winkte uns herein. „Ja, natürlich! Das ist das Mindeste, was ich tun kann! Bitte kommen Sie herein. Ich habe heute Morgen Kuchen gekauft."

Er umarmte seinen Hund und tätschelte ihn, dann ließ er ihn ins Haus. Zum ersten Mal bemerkte ich, dass er hinkte.

Das Haus war schrecklich unordentlich und roch stark nach Hund. Ich war überrascht. Ein Haufen abgelegter Kleidung lag im Flur neben einer längst abgestorbenen Topfpflanze. Ich fragte mich, warum sie sie nicht schon längst weggeworfen hatten. Vom Eingangsbereich aus bogen wir rechts in ein geräumiges, aber chaotisches Wohnzimmer ab.

Martin bat uns, Platz zu nehmen. „Möchten Sie Tee oder Kaffee?"

„Für mich Kaffee, bitte", sagte ich, während die Schwestern sagten, sie würden beide gerne Tee trinken.

„Bitte geben Sie viel Zucker hinein für meine arme ältere Schwester", sagte Matilda. Eleanor funkelte sie weiterhin an und hielt sich die Brust.

Martin kam bald mit einem Tablett voller Kaffeetassen und einem großen Teller Chocolate-Chip-Cookies zurück. Er verließ den Raum und kehrte mit einem großen Schokoladenkuchen zurück. Die ganze Zeit über wich Fang ihm nicht von der Seite. Martin setzte sich auf die Couch uns gegenüber, und Fang setzte sich neben ihn.

Martin rieb kräftig sein Knie und verzog das Gesicht. „Ich kann nicht glauben, dass Sie in der Lage waren, Fang zu fangen und ins Auto zu setzen. Fang mag keine Menschen und ist dafür bekannt zu beißen."

„Ich liebe alle Tiere", sagte Eleanor. „Ich habe eine bösartige Ziege."

Martin beugte sich vor. „Entschuldigung? Ich habe nicht ganz verstanden, was Sie gesagt haben."

„Ignorieren Sie sie einfach", sagte Matilda. „Demenz, verstehen Sie. Sie hat keine Ahnung, was sie sagt, aber sie ist gut mit Tieren."

Eleanor knirschte mit den Zähnen.

„Ich kann Ihnen nicht genug danken. Ich habe Fang ewig nicht gesehen, und wir wurden erst kürzlich wieder vereint. Ich habe sie vermisst, wissen Sie. Ich musste eine Weile weg wegen, äh, der Arbeit, aber meine Frau hat sich gut um sie gekümmert. Sie hat auch diese Kekse gebacken."

„Sie sind absolut köstlich", sagte ich, und das waren sie auch. Ich stellte mir seine Frau in meinem Alter vor, eine freundliche Frau, die sicher verzweifelt gewesen sein musste, als ihr Mann im Gefängnis war. Trotzdem war klar, dass sie nicht viel für Hausarbeit übrig hatte. Ein Druck von einer Obstschale hing schief über dem Kamin, und der Kaminsims war vollgestellt mit allerlei Keramikfröschen.

„Sammelt Ihre Frau Frösche?", fragte ich ihn.

Ein gequälter Ausdruck huschte über sein Gesicht. „Ja, leider. Daphne May ist eine leidenschaftliche

Sammlerin." Er nickte zu einer alten Eichenholz-Vitrine in der Ecke des Raumes. Auch sie war vollgestopft mit Frosch-Ornamenten. Große Froschfiguren standen auf dem Boden.

„Es ist gut, ein Hobby zu haben", sagte Matilda fröhlich.

Der Raum war absolut deprimierend. Es war dunkel, und die Vorhänge waren zugezogen, aber ich vermute, Martin machte sich Sorgen, dass die Polizei hineinschauen könnte. Es roch muffig und unangenehm, und ich konnte es kaum erwarten, von dort wegzukommen.

Matilda sprach immer noch. „Es ist gut, einen Hund zu haben, wo doch der Serienmörder umgeht."

Martin zuckte leicht zusammen. „Ein Serienmörder?", wiederholte er.

Matilda nickte. „Haben Sie das nicht gehört? Zwei Leichen wurden nicht weit von hier gefunden, und sie wurden beide auf die gleiche Art getötet. Das erste Opfer wurde vor über zehn Jahren ermordet, und das zweite erst kürzlich. Das bedeutet, der Serienmörder hat wieder angefangen zu morden, und wer weiß, wie viele Leichen noch entdeckt werden müssen!" Ihre Hand flog an ihre Kehle.

Martins Gesichtsausdruck blieb unbewegt. Ich vermutete, er wäre gut im Pokern. „Ich habe darüber etwas in den Nachrichten gesehen. Ich würde mir keine Sorgen machen."

Ich konnte sehen, dass Matilda nicht weiter nachhaken würde. „Ich hoffe wirklich, Sie haben recht. Vielleicht sollte ich mir einen Hund wie Fang zulegen, dann würde ich mich sicher fühlen."

Martin lächelte. „Sie ist ein guter Hund."

Es war genau so, wie ich gedacht hatte. Das war völlige Zeitverschwendung - es sei denn, Matilda oder Eleanor hatten irgendwie eine Erkenntnis gewonnen.

KAPITEL 11

Wir standen alle in einer unscheinbaren Gasse neben einem Müllcontainer und betrachteten das Schild über Daphne Mays Friseursalon.

Locken oder Sterben.

„Du hast mir den Namen nicht verraten", sagte ich zu Eleanor.

Sie strahlte mich an. „Clever, nicht wahr?"

„Ich hoffe, die gute alte Daphne May verpasst mir keinen altmodischen Schnitt", klagte Eleanor.

„Wen nennst du hier alt?", sagte Matilda. „Ich schätze, ihr Mann ist zwanzig oder dreißig Jahre jünger als du."

„Das würde man aber nicht meinen." Eleanor fuhr mit der Hand an sich auf und ab. „Er sieht *so* viel älter aus als ich."

Matilda verdrehte die Augen.

Ich warf einen nervösen Blick um mich. „Wir sollten besser reingehen, bevor wir noch überfallen werden."

Sobald ich die Tür des Salons öffnete, dröhnte laute Musik in meine Ohren. Ein überwältigender Geruch von Räucherstäbchen oder irgendeiner Art von süßlichem Zeug, das ich nicht identifizieren konnte, hing schwer in der Luft.

Eine Frau in meinem Alter sah auf und lächelte. „Genau pünktlich. Welche Dame möchte die Farbe und den Schnitt?"

Eleanor hob ihre Hand.

„Kommen Sie mit mir", sagte sie. „Ihr beiden, bitte nehmt Platz, ich bin gleich bei euch."

Ich betrachtete die Frau und dachte, sie sei genau so, wie ich mir Daphne May vorgestellt hatte: eine freundliche Seele, eher rundlich, mit großen rosigen Wangen und einem vernünftigen Haarschnitt. Die arme Frau – wie sie es geschafft hatte, den Haushalt all die Jahre zu führen, während ihr Mann im Gefängnis saß, war mir ein Rätsel. Zweifellos hätte sie inzwischen in Rente gehen können, aber stattdessen musste sie weiter arbeiten. Kein Wunder, dass ihr Haus nicht das gepflegteste war, das ich je gesehen hatte. Mein Herz ging auf für sie. Ich hoffte wirklich, dass ihr Mann nicht der Mörder war, um ihretwillen.

Sie legte Eleanor einen schwarzen Umhang um den Hals und befestigte ihn.

„Ich möchte eine Veränderung", sagte Eleanor zu ihr. „Ich bin meinen alten Stil leid."

Die Frau strahlte sie an. „Nun, da sind Sie bei mir genau richtig. Ich bin gleich wieder da. Ich kümmere mich jetzt um Ihre Freundinnen."

Sie winkte mich zuerst zum Waschbecken. Nach einer schnellen Haarwäsche trocknete sie mein Haar mit einem Handtuch und trug dann eine gut riechende Substanz auf. Danach wickelte sie mein Haar in Frischhaltefolie und sagte mir, ich solle mich neben Eleanor setzen. Sie platzierte einen Wandhaartrockner über meinem Kopf.

Ich war froh, dass ich neben Eleanor saß, so konnte ich Eleanors Gespräch mit Daphne May hören. Trotzdem musste ich dort sitzen und warten, bis sie den Vorgang bei Matilda wiederholte. Zu meiner Freude wurde Matilda, nachdem ihre Haare behandelt worden waren, auf der anderen Seite von Eleanor platziert. Das bedeutete, Eleanor saß zwischen uns, und wir konnten alles hören, was gesagt wurde.

„Seid ihr beide damit einverstanden, dort zu bleiben, bis Daphne May mit eurer Freundin fertig ist?"

Ich war verblüfft. „Sie sind nicht Daphne May?"

Sie kicherte. „Nein. Sie ist spät dran. Sie musste heute Morgen noch einige Besorgungen machen. Oh, da kommt sie gerade."

Ich drehte mich um, und ich konnte kaum ein Keuchen unterdrücken. Daphne May sah aus wie eine Gewichtheberin. Ich hatte noch nie solche Muskeln bei einer Frau gesehen. Obendrein hingen

Rasierklingen an ihren Ohrringen und ihrer Nase. Sie hatte mehr Piercings als Eleanors Lieblingsstuhl mit Nieten.

Daphne May trug zerissenes schwarzes Leder und einen wütenden Gesichtsausdruck. Ihr Kopf war komplett rasiert, und anscheinend hatte sie auch ihre Augenbrauen rasiert, denn alles, was ich sehen konnte, waren zwei schwarze Linien, die bis zur Hälfte ihres Kopfes gezogen waren und ihr einen ständig überraschten Ausdruck verliehen. Ihr Lippenstift war blutrot.

Sie ging zu Eleanor und brummte: „Was willst du?" Ihr Ton klang irgendwie barsch, wütend.

„Ich möchte eine Veränderung", sagte Eleanor.

„Hast du ein Foto mitgebracht oder hast du eine Vorstellung von der Art der Veränderung, die du möchtest?"

„Nein, du hast freie Hand."

Matilda und ich tauschten Blicke aus. Ich wusste, Eleanor hätte das nicht sagen sollen.

„Bist du sicher?"

Eleanor nickte fröhlich. „Überrasch mich!"

Zum ersten Mal breitete sich ein breites Lächeln auf dem Gesicht der Frau aus. „Oh, es ist schön, eine Kundin wie dich zu haben", keuchte sie. „Ich kann dir sagen, das hat meinen Tag gerettet. Du glaubst gar nicht, wie stressig es ist, all diese Kunden zu haben, die immer wieder die gleiche langweilige Frisur wollen." Sie legte Eleanor eine fleischige Hand auf die Schulter.

Kein Wunder, dass die arme Frau so angespannt und wütend war, dachte ich, angesichts der illegalen Aktivitäten ihres Mannes.

Daphne May rollte einen schwarzen Plastiktablett heran und nahm daraus eine ziemlich große Schere. Sie schnitt wild an Eleanors Haar herum. Ich musste zugeben, es gab ihr ein moderneres Aussehen. „Hast du etwas dagegen, wenn ich ein bisschen rasiere?"

Eleanor winkte mit ihrer linken Hand. „Rasier nur drauflos!" Sie fügte schnell hinzu: „Aber ich möchte keine Frisur wie deine, so schön sie auch ist. Ich möchte immer noch *etwas* Haar behalten."

Daphne May lachte. „Natürlich, natürlich. Überlass das mir. Also, bist du sicher, dass ich Teile deines Kopfes rasieren darf?"

Ich warf Eleanor einen warnenden Blick zu, und Matilda tat es mir gleich, aber sie war unempfänglich für unsere Andeutungen. In Windeseile wurde Eleanors Haar in einen Irokesenschnitt verwandelt. Ich fragte mich, warum Eleanor nicht protestierte, denn selbst von vorne konnte sie den Stil sicher sehen.

„Jetzt werde ich dir eine schöne Farbe auftragen. Hast du irgendwelche Vorlieben?"

„Nein, mach, was du willst", sagte Eleanor. „Es ist so schön, eine so abenteuerlustige Stylistin wie dich zu finden."

Die Frau schlug entzückt die Hände zusammen. „Ich kann dir sagen, du hast meinen Tag gerettet. Ich gehe nur kurz in den Hinterraum und mische deine Farbe."

Ich sah Matilda an und hob meine Augenbrauen. Sie schüttelte leicht den Kopf. Ich wusste, das war ein Signal, dass ich Eleanor nicht sagen sollte, dass sie einen Irokesenschnitt hatte. Ich meine, konnte sie es nicht selbst sehen? Anscheinend nicht, denn sie saß schweigend da, bis Daphne May zurückkehrte.

Daphne May trug die Farbe auf. Ich konnte nicht erkennen, welche Farbe es war, da alles weiß aufgetragen wurde, obwohl sie Eleanor gesagt hatte, sie hätte zwei verschiedene Farben in ihrem Haar verwendet.

„Meine neue Frisur wird alle überraschen", sagte Eleanor.

Daphne May stimmte bereitwillig zu. „Das wird sie auf jeden Fall! Sie werden der Neid der ganzen Stadt sein."

„Andererseits sollte ich in dieser Stadt zu einer Zeit wie dieser vielleicht nicht so auffallen. Schließlich bin ich über achtzig und habe ein bisschen Angst wegen der jüngsten Verbrechen."

Daphne May trat einen Schritt zurück. „Was? Sie sind über achtzig? Niemals! Das kann doch nicht Ihr Ernst sein."

Eleanors Lächeln wurde breiter. „Doch, es stimmt! Deshalb denke ich, ich sollte mich anpassen. Der neue Serienmörder in der Stadt könnte eher geneigt sein, mich umzubringen, wenn ich auffalle."

Daphne May hörte auf zu färben und starrte Eleanor im Spiegel an. „Serienmörder? Gibt es einen Serienmörder?"

„Oh, haben Sie das nicht gehört? Die Polizei hat zwei Leichen gefunden, die auf genau die gleiche Weise ermordet wurden. Es ist überall in den Nachrichten! Sie glauben, die Morde liegen zehn Jahre auseinander. Das bedeutet, es gab vor zehn Jahren einen Serienmörder, und er hat gerade wieder angefangen zu morden!" Ihre Hände flogen in einer Geste gespielten Entsetzens zu ihrem Mund. „Meine Güte, keiner von uns ist nachts im Bett sicher!"

Daphne May sah schockiert aus. Sie sprach für einen Moment nicht, und als sie wieder mit dem Färben begann, zitterten ihre Hände. Tatsächlich sprach sie erst wieder, als die andere Dame mich zum Auswaschen meiner Behandlung abholte.

Als Eleanors Färbung fertig war, sagte Daphne May: „So, ich lasse das jetzt einwirken." Sie setzte Eleanor einen Wandfön auf den Kopf und verschwand im Hinterzimmer.

Die andere Dame, die ihren Namen nie preisgegeben hatte, kam heraus. Sie bot uns Zeitschriften zum Lesen an und fragte, ob wir eine Flasche Wasser möchten. Wir nahmen alle die Zeitschriften an, lehnten das Wasser aber ab.

Keine von uns wagte es zu sprechen, also saßen wir weitere zwanzig Minuten da und blätterten durch die Zeitschriften. Daphne May hatte definitiv eine Reaktion gezeigt, als Eleanor die Morde erwähnte. Verdächtigte sie ihren Mann? Oder basierte ihre Reaktion einfach auf der Tatsache, dass zwei Mitglieder der Gang ihres Mannes die Opfer waren und ihr Mann ein Verdächtiger war? Es gab keine Möglichkeit, das zu sagen.

KAPITEL 12

Daphne May kehrte erst zurück, nachdem die andere, noch namenlose Dame Eleanors Haar gewaschen hatte. Sie wickelte ein Handtuch um ihr Haar und setzte sie vor den Spiegel. Erst dann betrat Daphne May den Raum. Sie schien ihre Fassung wiedererlangt zu haben. Sie nahm das Handtuch ab und griff nach einem Föhn.

Mit jeder verstreichenden Sekunde wurde ich überraschter. Eleanor trug nicht nur einen Irokesenschnitt, sondern der Haarschopf obendrauf war in einem leuchtenden, fluoreszierenden Grün gefärbt, während das restliche Haar an beiden Seiten in strahlendem Orange erstrahlte.

Ich war vor Entsetzen sprachlos. Ich starrte Eleanor unentwegt an und wartete auf irgendeine Reaktion, aber sie saß einfach nur da. Daphne May fummelte eine gefühlte Ewigkeit an ihrem Haar herum und toupierte die Spitze immer höher.

Schließlich trug sie eine Menge Stylingprodukt auf und vollendete das Werk mit Haarspray. Dann griff sie nach einem Spiegel und zeigte Eleanor, wie es von hinten aussah. „Was meinst du?", fragte sie triumphierend.

„Es ist einzigartig", sagte Eleanor. „Ich hätte mir nicht vorstellen können, dass es so gut werden würde."

Daphne strahlte über das ganze Gesicht. „Ich liebe es, wenn Kunden mir freie Hand lassen. Es steht dir wirklich gut."

„Ja, das leuchtende Grün und das Orange passen perfekt zu ihrem Teint", sagte Matilda mit ernster Miene.

Ich traute mich nicht zu sprechen.

Als es Zeit zum Bezahlen war, gaben wir alle Bargeld. Matilda und Eleanor hatten mich gewarnt, keine Kreditkarte zu benutzen, und wir hatten alle falsche Namen und Adressen angegeben.

„Möchtest du gleich einen weiteren Termin vereinbaren?", fragte Daphne May Eleanor.

Eleanor lächelte, nickte und gab einen falschen Namen und eine falsche Telefonnummer an.

Ich konnte es kaum erwarten, von dort wegzukommen. Als wir endlich die Sicherheit meines Autos erreicht hatten, wandte ich mich an die Schwestern. „Warum nehmt ihr beide es so gelassen?"

„Was nehmen wir gelassen?", fragte Eleanor.

„Deine Haare natürlich!" Hatte sie völlig den Verstand verloren?

„Ach, das ist nichts, worüber man sich Sorgen

machen müsste. Es wird nachwachsen und in der Zwischenzeit kann ich eine meiner Perücken benutzen."

Das war neu für mich. „Du hast Perücken?"

„Natürlich haben wir welche."

Ich schüttelte den Kopf. „Es war sehr nett von dir, das alles durchzumachen, nur um Daphne May befragen zu können."

Ich fuhr langsam los, immer noch erschüttert vom Anblick von Eleanors Haaren. „Also, was haltet ihr von ihr?", fragte ich sie.

„Ich denke, sie ist eine ziemlich gute Haarcoloristin", sagte Eleanor. „Ich weiß, es ist ein bisschen ungewöhnlich, aber ich finde wirklich, dass es mir steht."

„Ehrlich, Eleanor! Jane hat nach dem Fall gefragt."

Ich kicherte. „Ja, der Fall. Habt ihr ihre Reaktion gesehen, als wir die Leichen erwähnt haben?"

Matilda und Eleanor bejahten beide. „Ich habe darüber nachgedacht, während ich unzählige Zeitschriften durchgeblättert habe", erzählte ich ihnen. „Es ist schwer zu sagen, ob diese Reaktion darauf zurückzuführen ist, dass ihr Mann verdächtigt wird, oder ob sie weiß, dass er es getan hat."

„Ich glaube nicht, dass er es getan hat, weil er nett zu seinem Hund war", sagte Eleanor. „Er liebt offensichtlich Hunde."

„Vielleicht liebt er Hunde, aber vielleicht liebt er keine Menschen", gab Matilda zu bedenken.

Eleanor stimmte ihr zu. „Ja, du könntest recht haben. Trotzdem hoffe ich, dass er es nicht war, denn wenn er wieder ins Gefängnis muss, wird sein Hund ihn vermissen. Der arme Hund."

Eleanor redete weiter über den Hund, während ich – und ich nahm an, auch Matilda – abschalteten. Ich freute mich darauf, mich auf die Couch zu legen, die Füße hochzulegen und vielleicht etwas fernzusehen.

Aber sobald wir die Veranda betraten, blieben Matilda und Eleanor wie angewurzelt stehen. „Jemand war hier", sagte Eleanor.

„Woher wisst ihr das?" Ich war völlig verwirrt.

„Deine Haustür wurde aufgebrochen." Dieses Mal war es Matilda, die sprach.

Die Haustür sah für mich völlig normal aus, aber als ich näher heranging, konnte ich sehen, dass sie leicht offen stand. Matilda wollte hindurchgehen, aber ich legte meine Hand auf ihren Arm. „Was, wenn noch jemand drin ist? Wartet hier draußen, ich rufe Damon an."

„Eleanor, du bleibst bei Jane, damit wir die Beweise nicht stören. Ich werde mich umsehen." Damit holte Matilda ein Paar Nunchakus aus ihrer Handtasche und reichte ihre Tasche Eleanor, bevor sie sich Handschuhe überzog. Eleanors Gesichtsausdruck blieb ungerührt. Konnte dieser Tag noch seltsamer werden?

Matilda schlüpfte hinein, und ich verlor keine Zeit, Damon anzurufen. Diesmal ging er sofort ran.

„Matilda, Eleanor und ich waren den ganzen Tag unterwegs. Wir sind gerade nach Hause gekommen und stehen auf meiner Veranda. Die Haustür wurde aufgebrochen."

„Ich schicke sofort Streifenpolizisten raus und werde so schnell wie möglich da sein", sagte Damon. „Und Jane, was auch immer du tust, geh nicht hinein. Geht alle zurück und setzt euch in dein Auto. Schließt die Türen ab und fahrt beim ersten Anzeichen von jemandem weg." Damit legte er auf und ließ mich das Telefon anstarrend zurück.

Ich sah Eleanor an. „Was sollen wir tun? Wir können nicht ohne Matilda zum Auto gehen."

Es dauerte noch ein paar Minuten, bis Matilda zu uns zurückkam. „Es ist niemand da, und sie waren sehr vorsichtig, nichts zu berühren", sagte sie. „Erwähnt Damon oder sonst jemandem gegenüber nicht, dass ich kurz drin war."

„Damon hat uns gesagt, wir sollen uns ins Auto setzen und warten, bis die Streifenpolizisten eintreffen."

Matilda nickte und nahm ihre Handtasche von Eleanor entgegen. „Dann müssen wir das wohl tun." Sie streifte ihre Handschuhe ab und ließ diese zusammen mit den Nunchakus zurück in ihre Tasche gleiten.

Die uniformierten Beamten brauchten nicht lange, um einzutreffen. Ich vermute, sie waren in der Nähe, als der Anruf kam. Beide starrten mit offenem Mund auf Eleanors Haare.

Nachdem wir uns vorgestellt hatten, sagte ich: „Als wir nach Hause kamen, stand die Tür einen Spalt offen."

„Sind Sie sicher, dass Sie sie abgeschlossen haben, bevor Sie weggegangen sind?", fragte der Kleinere.

„Ich bin mir absolut sicher", erwiderte ich. „Wir sind ziemlich angespannt, besonders wegen der Leichen, die unter dem Haus gefunden wurden."

Die Beamten tauschten Blicke aus. Einer von ihnen ging, um sich die Tür anzusehen. „Ja, sie wurde gewaltsam geöffnet."

Die beiden Beamten standen eine ganze Minute lang mit gesenkten Köpfen da. Schließlich richtete sich der Größere auf. „Meine Damen, bitte gehen Sie zurück zu Ihrem Auto, und wir werden uns drinnen umsehen."

Es dauerte weitere fünf Minuten, bis die Beamten zur Veranda zurückkamen, und wir drei kletterten aus dem Auto.

„Es sieht so aus, als wäre derjenige, der hier war, längst verschwunden", sagte der größere Beamte. „Wir werden ein Fingerabdruck-Team herschicken, aber würden Sie bitte durch das Haus gehen, so wenig wie möglich berühren und uns sagen, ob etwas fehlt? Wir müssen wissen, ob es ein Einbruch war, obwohl Einbrecher normalerweise ein Durcheinander hinterlassen, und das Haus ist innen ziemlich ordentlich."

„Geht es Mr. Crumbles gut?", fragte Eleanor ihn.

„Ja", sagte Matilda und fügte hastig hinzu: „Ich habe ihn am Fenster gesehen."

Der kleinere Beamte lächelte. „Sie meinen die graue Katze? Ja, er ist sehr freundlich."

Ich ging direkt in mein Schlafzimmer. Mein Schmuck war da, und mein Laptop stand auf meinem Nachttisch. Ich ging nach unten und sah mich um. Eleanor und Matilda kamen kurz darauf zu mir. Wir alle waren uns einig, dass nichts gestohlen worden war.

Der größere Beamte gab mir seine Karte. „Rufen Sie an, wenn Sie feststellen, dass etwas fehlt."

„Aber hat das nicht mit den Morden zu tun?", sagte Matilda. „Die Bankräuber. Einer von ihnen besaß früher dieses Haus. Was, wenn er denkt, dass die verschwundenen Millionen in diesem Haus sind, vielleicht unter einem Dielenbrett vergraben oder in einem Geheimgang?"

Beide Beamten runzelten tief die Stirn. Einer wollte gerade sprechen, als Detective Collins an der Tür erschien.

„Bitte kommen Sie herein", sagte ich.

Er kam herein, gefolgt von Detective Wright. Beide keuchten, als sie Eleanors Haare sahen, kommentierten es aber nicht.

Die beiden Beamten brachten sie schnell auf den neuesten Stand, und Detective Collins entließ sie ebenso schnell.

„Ja, wir werden ein Fingerabdruck-Team

herschicken", sagte er. „Machen Sie es schnell, Wright."

Detective Wright ging weg, um den Anruf zu tätigen.

„Haben Sie Damen irgendetwas in diesem Raum berührt?", fragte Collins uns.

Wir schüttelten alle den Kopf. „Ich habe nur in meinem Schlafzimmer nachgesehen." Ich hob die Augenbrauen in Richtung der anderen beiden.

„Wir haben das Gleiche getan", sagten sie wie aus einem Munde.

Er nickte. „Gut. Würden Sie bitte für ein paar Stunden irgendwohin gehen, bis das Fingerabdruck-Team fertig ist." Er sagte es als Befehl, nicht als Frage.

„Sicher, wir können zu meiner Schwester nebenan gehen. Ich habe ihr Kutschpferd auf der Weide gesehen, als wir nach Hause fuhren. Sie muss vom Scheunenfest zurück sein. Wann wissen wir, dass wir in mein Haus zurückkehren können?"

„Ich rufe Sie an", sagte er. „Meine Damen, danke für Ihre Kooperation."

„Es geht um das Geld, nicht wahr?", sagte Eleanor. „Die Bankräuber sind hergekommen, um nach den verschwundenen Millionen zu suchen."

„Oh, Sie wissen also davon?"

Wir nickten alle. „Detective Collins, glauben Sie, dass wir in Gefahr sind?"

Er schien meine Frage zu überdenken. „Es wäre gut, wenn Sie alle woanders bleiben könnten, bis dieser Fall gelöst ist, ehrlich gesagt", sagte er. „Es scheint unwahrscheinlich, dass dies ein einfacher Einbruch war, besonders da nichts gestohlen wurde, und ich glaube nicht, dass Sie den Täter gestört haben. Nein, ich denke, jemand hat sich Ihr Haus gründlich angesehen. Gibt es irgendwo auf dem Grundstück einen Ort, wo etwas versteckt sein könnte, vielleicht einen alten Brunnen? Haben Sie ein altes Gebäude wie eine Scheune?"

Ich schüttelte den Kopf. „Nein, so etwas gibt es nicht", sagte ich ihm. „Nur den Tunnel."

„Ich fühle mich wirklich nicht wohl dabei, dass Sie hilflosen Damen hier leben", fügte Collins hinzu.

„Hilflos!", sagte Eleanor, aber Matilda stieß ihr schnell den Ellbogen in die Rippen.

„Ja, hilflose alte Damen, das sind wir", sagte sie. „Hilflos."

„Also, haben Sie sich entschieden, für eine Weile woanders zu bleiben?"

„Wie lange, bis Sie den Fall lösen?", fragte ich ihn.

Er zuckte mit den Schultern. „Wie lang ist ein Stück Schnur? Wir könnten ihn morgen lösen, oder wir könnten ihn in einer Woche lösen. Vielleicht lösen wir ihn erst in einem Monat. Manche Fälle werden nie gelöst."

„Ich kann mein eigenes Zuhause nicht für einen Monat verlassen", sagte ich. „Oder für immer", fügte ich leise hinzu.

„Würden Sie dann zustimmen, für nur eine

Woche wegzugehen? Wenn der Täter zurückkommen will, dann sind Sie nicht hier und in Sicherheit."

„Ich werde mein Haus nicht leer stehen lassen, damit der Mörder frei darin herumsuchen kann", sagte ich empört.

„Es ist alles in Ordnung, ich habe eine bösartige Ziege", sagte Eleanor ihm stolz. „Eine Angriffsziege. Und das Beste ist, es liegt in seiner Natur. Er wurde nicht einmal dafür trainiert!"

Der Detektiv sah sie an, als wäre sie verrückt. „Wie bitte?"

„Ich habe eine gefährliche Stealth-Ziege", erklärte Eleanor und zeigte auf das Feld. „Er heißt Billy und hat bereits den Bischof angegriffen."

Dem Detektiv klappte der Kiefer herunter. Eleanor fuhr fort: „Heute Morgen haben Jane und ich einen Zaun über die fehlende Wand des Raums gezogen, in dem die Leichen gefunden wurden. Heute Nachmittag werden wir das Tor schließen und Billy auf das kleine Feld um das Haus herum lassen. Er wird jeden angreifen, der hier hereinkommt. So können wir alle nachts ruhig in unseren Betten schlafen. Und Sie brauchen sich keine Sorgen zu machen, Detektiv Collins, denn Billy schleicht sich an die Leute heran, bevor er sie angreift."

Der Detektiv stand einfach da, sein Kiefer bewegte sich auf und ab. Eleanor schien zu denken, sie sollte zur Klarstellung noch etwas hinzufügen. „Aber falls Sie sich fragen, wie wir vom Haus zum

Auto kommen, brauchen Sie sich keine Sorgen zu machen, denn wir haben ein System ausgetüftelt." Sie warf ihm einen Blick reinen Triumphs zu.

Der Detektiv schüttelte den Kopf, drehte sich um und ging zur Tür hinaus.

KAPITEL 13

Sobald die Detektive weg waren, packte Eleanor meinen Arm. „Schnell, lass uns Scott Simmons untersuchen, einen der Bankräuber. Er verkauft Gebrauchtwagen. Ich hab's auf seinem Facebook gesehen."

Matilda schüttelte den Kopf. „Nur zwei von uns sollten gehen, falls sich rumspricht, dass drei Frauen Fragen stellen. Eleanor, du bleibst hier und legst das Heu vor das Tor und auf die Veranda."

Ich dachte, Eleanor würde widersprechen, aber zu meiner Überraschung stimmte sie bereitwillig zu. „Das System wird fertig sein, wenn ihr nach Hause kommt, also parkt unbedingt außerhalb des Tores und füttert Billy mit dem Heu."

Der Autohandel war auf unserer Seite der Stadt. Schon als wir uns näherten, fand ich, dass er ziemlich zwielichtig aussah. Es war schwer, einen Parkplatz zu finden, also mussten wir eine Weile herumfahren. Ich parkte schließlich etwas weiter weg, aber Matilda meinte, das sei gut, um zu verhindern, dass der Mann unser Nummernschild sieht.

Wir liefen bis zum Autohaus und taten dann so, als würden wir uns die Autos ansehen. Es dauerte eine Weile, bis jemand herauskam. Der Mann, der auf uns zukam, war eindeutig nicht Scott Simmons. „Kann ich Ihnen Damen helfen?", fragte er. „Suchen Sie etwas Bestimmtes?"

„Ich suche ein Auto für meine Tante", sagte ich und nickte zu Matilda.

„Was für ein Auto hätten Sie denn gerne?"

Matilda zuckte mit den Schultern. „Ich schaue mir einfach mal die Autos an, die Sie hier haben." Ihr Ton war völlig abweisend.

Der Mann verstand den Wink. Ich vermute, er dachte, wir seien nur Schaulustige und keine Käufer. Als er außer Hörweite war, tippte Matilda meinen Arm an. „Das da drüben ist Scott Simmons."

Scott Simmons hatte gerade einen Kunden, und die beiden Männer schauten unter die Motorhaube eines weißen Autos. Wir sahen uns weiter die Autos an, bis der Kunde wegging. Matilda eilte hinüber und ich hinterher.

Scott Simmons sah uns kommen und lächelte breit. Er ignorierte Matilda, die vor mir war, und sprach mich an. „Hallo, kann ich Ihnen helfen?"

„Meine Tante möchte ein Auto kaufen", sagte ich und nickte zu Matilda.

„Und was für ein Auto hätte sie gerne?"

Matilda wedelte mit einer Hand vor seinem Gesicht. „Ich stehe direkt hier!"

Er gluckste. „Wie niedlich. Und haben Sie einen Führerschein, meine Liebe?" Er erhob die Stimme und beugte sich vor. Ich nehme an, er dachte, Matilda sei furchtbar schwerhörig.

Es hätte mich nicht überrascht, wenn Matilda Dampf aus den Ohren gekommen wäre. So wurde ihr Gesicht knallrot. „Ja, ich habe einen Führerschein der Klasse A, und ich habe fortgeschrittenes und defensives Fahrtraining absolviert, nur damit Sie's wissen, junger Mann."

Er kicherte, als würde Matilda sich das alles ausdenken. Wieder wandte er sich an mich. „Und was für ein Auto sucht sie?"

Ich drehte mich zu Matilda. „Was für ein Auto suchst du?"

„Ein rotes", sagte sie. „Was ist mit diesem roten hier?"

Er schien überrascht. „Ist es nicht ein bisschen groß und leistungsstark für Sie?", brüllte er ihr ins Ohr. „Sicherlich wäre etwas Gemäßigteres besser für Sie?"

Ich war überrascht, dass Matilda die Beherrschung behielt. „Was haben Sie sonst noch in dieser Preisklasse?", fragte sie ihn in vernünftigem Ton. „Ich möchte kein großes Auto, verstehen Sie. Ich möchte ein Auto etwa dieser Länge, um das Einparken zu erleichtern."

„Schauen Sie sich dieses schöne weiße Auto

daneben an", schrie er. „Es ist nur etwa 30 Zentimeter länger als das andere Auto."

„Aber dieses Modell hat keine Rückfahrkamera, oder?"

Der Mann sah schockiert aus, als würde er sich fragen, woher Matilda das wissen könnte. „Nein, aber es wäre überhaupt kein Problem für uns, eine für Sie einzubauen."

„Und wie viel kostet es, eine einzubauen?", fragte Matilda ihn.

„Ich müsste ins Büro gehen und es nachschauen."

„Ungefähr?"

Er zuckte mit den Schultern. „Vielleicht tausend Euro."

„Tausend Euro!", rief Matilda aus. „Da müssten Sie schon etwas besseres anbieten. Und wir haben kein Eintauschauto, also geben Sie einen Rabatt für keinen Eintausch?"

Der Mann schüttelte den Kopf. „All diese Autos sind sehr vernünftig bepreist, deshalb haben wir überhaupt keine Rabatte, und wir haben eine No-Haggle-Politik. Sie werden Finanzierung wollen, nehme ich an?"

Matilda schüttelte den Kopf. „Bar."

Der Mann sah mich an. „Bar?"

Ich nickte.

„Ich habe eine Vorliebe für dieses rote Auto hier", sagte Matilda.

„Haben Sie sich schon viele andere Autos angesehen?" Wieder die erhobene Stimme.

„Ja, wir haben den ganzen Tag damit verbracht, Autos anzusehen, und ich habe keins gesehen, das mir so gut gefällt wie dieses. Ich würde gerne weitersuchen, aber meine Nichte bestand darauf, dass ich schnell eins kaufe. Sie ist es leid, zum Autogucken herumgeschleppt zu werden, verstehen Sie."

„Es *ist* ziemlich nervig", sagte ich und versuchte, echt zu klingen.

„Möchte Ihre Tante eine Probefahrt machen?", fragte Scott mich.

„Ja, das ist eine gute Idee", sagte Matilda. „Ich sollte es nicht kaufen, ohne eine Probefahrt zu machen."

„Dann kommen Sie bitte ins Büro. Ich muss eine Kopie Ihres Führerscheins machen."

Wir gingen in das geräumige Büro, und er deutete an, wir sollten uns auf ein bequemes grünes Sofa setzen. „Bedienen Sie sich mit Tee, Kaffee und Wasser", brüllte er Matilda zu und zeigte auf eine winzige Küche.

Matilda gab ihm ihren Führerschein, und er verschwand in einem Hinterzimmer. Ich wackelte mit den Augenbrauen in Matildas Richtung.

„Was ist los, *Prudence*?", sagte sie nach einer Weile.

„Er hat deinen Führerschein", flüsterte ich. „Er kennt deinen richtigen Namen und wo du wohnst."

„Das ist nur ein Problem, wenn er der Mörder ist", flüsterte sie zurück. „Außerdem ist auf meinem Führerschein noch meine alte Adresse, die Wohnung über Rebeccas Laden."

„Du hast deine Adresse noch nicht geändert?"

Sie sah äußerst selbstzufrieden aus. „Nein, ich dachte, es könnte noch nützlich sein. Und ich hatte Recht."

„Ich muss zugeben, das beruhigt mich."

Scott Simmons brauchte noch etwa fünf Minuten. Ich hoffte, er rief nicht gerade seine Komplizen an, aber andererseits hatte Matilda eine falsche Adresse angegeben, und es gab nichts, was sie mit meiner Adresse in Verbindung bringen könnte.

Er kam heraus und fragte mich dann: „Kommen Sie mit uns?"

Ich nickte. „Wenn das in Ordnung ist?"

„Ja, sicher. Bitte kommen Sie mit mir."

Als wir die Stufen hinuntergingen, sah ich, dass jemand das Auto am Fuß der Treppe vorgefahren hatte. Er beugte sich hinunter, um Matilda ins Ohr zu brüllen. „Können Sie Schaltung fahren?"

„Ja", war alles, was sie sagte.

Matilda setzte sich auf den Fahrersitz, und Scott kletterte auf den Beifahrersitz. Er sah zu mir auf dem Rücksitz hinüber. „Mein Name ist Scott Simmons."

Ich war froh, dass ich ihn nicht Scott genannt hatte, bevor er sich tatsächlich vorgestellt hatte – das wäre viel zu verdächtig gewesen.

Matilda antwortete ihm. „Sie wissen offensichtlich, dass mein Name Matilda Entwistle ist, und das ist meine Nichte, Prudence Entwistle."

Er drehte sich um, um mir die Hand zu schütteln. „Schön, Sie kennenzulernen, Frau Entwistle."

„Schön, Sie auch kennenzulernen", sagte ich. Er verbrachte ein paar Minuten damit, Matilda aus voller Kehle die Funktionsweise des Autos zu erklären, bevor er ihr den Weg zu einer ruhigen Landstraße aus der Stadt heraus beschrieb. Offensichtlich traute er ihrem Fahrkönnen nicht.

Matilda fuhr zunächst ziemlich gesittet los, und ich sah, wie sich die Schultern des Mannes entspannten. Ich konnte erkennen, dass er angenommen hatte, Matilda würde eine schreckliche Fahrerin sein. Nach einer Weile rief er: „Sie sind ja eine recht gute Fahrerin."

„Ich habe ein Auto, aber ich habe es gerade Prudences Neffen Horatio gegeben", sagte sie. „Es wird Horatios erstes Auto sein. Es ist mir zu langsam. Ich möchte ein schnelles Auto, falls ich schnell fliehen muss."

Der Mann keuchte auf. Ich nehme an, das Wort ‚fliehen' traf einen wunden Punkt. „Was, was meinen Sie damit?", stotterte er.

„Ich lebe allein", sagte sie. „Was, wenn der Serienmörder es auf mich abgesehen hat? Ich brauche ein schnelles Auto, um zu entkommen."

„Serienmörder?" Der Mann schien völlig verwirrt.

„Ja, der Serienmörder, über den in letzter Zeit in den Nachrichten berichtet wurde. Haben Sie das nicht gehört? Es gibt einen Serienmörder in dieser Gegend."

„Nein, ich glaube nicht, dass ich davon gehört

habe", sagte er. Er sah zu mir rüber, um Bestätigung zu erhalten. „Stimmt das?"

„Ja, natürlich. Alle haben Angst. Sie haben zwei Leichen gefunden, und sie denken, es könnten noch mehr sein."

„Vielleicht zehn oder zwanzig Leichen", sagte Matilda.

Ich lehnte mich zwischen den beiden Sitzen nach vorne. „Jetzt mach dir keine Sorgen, Tante. Du weißt doch, wie die Nachrichten oft übertreiben. Es sind vielleicht doch nicht mehr als zwei Leichen."

„Und wo wurden diese Leichen gefunden?", fragte er.

Matilda zuckte mit den Schultern. „Ich weiß es nicht, aber ich glaube, sie wurden in einem Haus auf einem kleinen Bauernhof gefunden. Die Zeitung schrieb, sie waren unter den Bodendielen, aber das Seltsame ist, dass eine vor etwa zehn Jahren ermordet wurde und die andere erst kürzlich. Das bedeutet, es ist ein Serienmörder, und er hat gerade erst wieder angefangen zu töten."

Als er nicht antwortete, fügte sie hinzu: „Weißt du, ich habe neulich so etwas Ähnliches in einer dieser englischen Detektivserien im Fernsehen gesehen. Wie heißt die noch mal, Prudence?"

„Agatha Christie?"

„Nein, es war kein Agatha-Christie-Film."

„*Father Brown*?"

„Nein, das war es auch nicht."

„*Inspector Barnaby*?"

„Ja, das war's. Ich glaube schon. Ich finde diese Serie manchmal so verwirrend. Der Grund, warum er aufhörte zu töten, war, dass seine Mutter herausfand, dass er Menschen getötet hatte. Er hörte auf und tötete neun Jahre lang nicht mehr, aber als seine Mutter starb, fing er wieder an zu töten. Glaubst du, dass das jetzt vielleicht auch der Fall ist?"

Er blieb immer noch still, also lehnte ich mich noch einmal nach vorne, um ihn anzusprechen. „Haben Sie das nicht in den Nachrichten gesehen?"

Selbst von der Seite konnte ich sehen, dass sein Gesicht eine blasse, grüne Farbe angenommen hatte. „Ich glaube, jetzt wo Sie es erwähnen, habe ich doch etwas darüber gesehen."

„Machen Sie sich also Sorgen, dass es ein Serienmörder sein könnte?", fragte ich ihn.

„Ich hoffe nicht", war alles, was er sagte.

„Ich habe ziemliche Angst, deshalb möchte ich ein schnelles Auto", sagte Matilda.

„Ich würde mir deswegen keine Sorgen machen, Liebes. Ich bin sicher, Sie sind völlig sicher. Leben Sie nicht in einer Seniorenresidenz? Ich bin mir sicher, dass die Pfleger gut auf Sie aufpassen."

Wir hatten jetzt die ruhige Straße erreicht. Matilda gab Gas und schleuderte mich in meinen Sitz zurück. „Langsamer!", sagte der Mann entsetzt.

„Ich muss sehen, ob das seine Höchstgeschwindigkeit ist", sagte Matilda, cool wie eine Gurke. „Führt diese Straße nicht zu einem stillgelegten Steinbruch?"

„Ja, ähm, ja", stotterte er.

Bei Matildas Tempo erreichten wir den Steinbruch in kürzester Zeit. Sie fuhr von der Straße in den Steinbruch und zog dann die Handbremse. Das Auto drehte jede Menge Schleifen. Ich kniff die Augen fest zu und dachte, ich müsste mich übergeben. Als das Auto endlich zum Stehen kam, löste der Mann seinen Sicherheitsgurt, öffnete die Tür und taumelte hinter einen riesigen Felsbrocken.

„Ich glaube, ihm ist schlecht geworden", sagte Matilda zufrieden. „Er ist so altersdiskriminierend und unhöflich."

Ich umklammerte meinen Bauch. „Aber glaubst du, er ist der Mörder? Hast du irgendwelche Hinweise bekommen?"

„Nicht wirklich, es ist so schwierig", sagte sie. „Er hätte sowieso irgendwie reagiert, weil die Opfer Leute aus seiner alten Gang waren. Trotzdem ist es gut, persönlich mit ihm zu sprechen und einen allgemeinen Eindruck von ihm zu bekommen."

„Matilda, da kommt er jetzt", sagte ich dringend.

„Können wir bitte jetzt zurückfahren?", sagte er. Sein Gesicht hatte eine schreckliche Farbe angenommen, irgendwo zwischen blassgelb und totenbleich.

„Ja, natürlich", sagte Matilda.

„Langsam. Mir ist nicht gut."

Matilda fuhr höflich den ganzen Weg zurück langsam. „Ich mag dieses Auto wirklich. Es kommt auf dieses hier und ein blaues an, das mir auch gefällt.

Ich werde es heute Abend mit Prudence und Horatio besprechen. Hätten Sie eine Visitenkarte, damit ich Sie anrufen kann, falls wir uns für dieses entscheiden?"

„Sicher."

Matilda parkte das Auto vor der Treppe. Scott streckte zitternd die Hand nach dem Schlüssel aus. „Warten Sie hier. Ich hole Ihnen meine Karte."

Scott kam jedoch nicht zurück. Ein junger Mann mit frischem Gesicht kam zu uns und überreichte uns Scotts Karte. Er sagte, Scott sei plötzlich krank geworden.

KAPITEL 14

Als wir an meinem Hoftor ankamen, sah ich, dass es geschlossen war. Ich hatte Billy fast vergessen. Matilda und ich parkten direkt neben der Straße auf dem Gras und stiegen aus.

„Das ist eine gute Idee. Eleanor ist ziemlich clever." Ich deutete auf die große Werkzeugkiste. „Sie sieht ziemlich schwer aus. Ich frage mich, wie sie sie hierher gebracht hat." Ich hob den Deckel an und sah Heu darin.

„Nimm jeweils eine große Handvoll", sagte Matilda. „Wir wollen nicht, dass uns das Heu ausgeht."

Ich ließ meinen Blick über das Feld schweifen. „Ich kann Billy nicht sehen."

„Er versteckt sich wahrscheinlich hinter dem schwarzen Walnussbaum", sagte Matilda. „Oder vielleicht ist er hinter dem Haus. Sei auf der Hut, denn Billy ist ziemlich schlau."

Ich hatte gesehen, was Billy dem Bischof angetan hatte. Ich griff nach einer großen Handvoll Heu. Mit etwas Beklommenheit schlüpfte ich durch das Hoftor, Matilda hinter mir.

„Du hältst das Heu vor dir und ich halte es hinter mir, und wenn er kommt, sollten wir ziemlich sicher sein."

Ich wünschte, ich hätte ihr Selbstvertrauen geteilt. Ich legte ein schnelles Tempo vor, aber Matilda legte mir eine zurückhaltende Hand auf den Arm. „Lauf nicht, denn das wird Billy wütend machen. Du kannst schnell gehen."

„Ich *bin* schnell gegangen", sagte ich. Als wir auf halbem Weg zum Haus waren, gab es keine Spur von Billy. Ich begann zu denken, dass er uns noch nicht gesehen hatte, oder vielleicht hatte Eleanor ihn noch nicht aus seinem eigenen Feld geholt, als ich plötzlich ein schreckliches Geräusch hörte, halb zwischen einem Blöken und einem erstickten Grunzen. Ich drehte mich um und sah Billy auf uns zustürmen. Ich streckte das Heu vor mir aus, und Matilda tat es mir gleich.

Billy hatte den Kopf gesenkt, um anzugreifen, seine langen, gebogenen Hörner sahen bedrohlich aus, aber als er das Heu sah, blieb er wie angewurzelt stehen und trottete dann wie ein glücklicher Welpe zu uns herüber. Er riss mir das Heu so hart aus der Hand, dass ich dachte, es würde mir alles entgleiten, also hielt ich mich mit aller Kraft daran fest. Ich begann rückwärts zu gehen und hielt das Heu vor mir.

„Du kannst nicht jeden Tag so laufen, Jane", sagte Matilda zu mir. „Ich bin sicher, du bist sicher, solange du Heu hast. Geh einfach schnell und halte das Heu zur Seite. Was auch immer du tust, halte es gut fest."

Ich ging so schnell ich konnte zum Haus. Alle paar Schritte griff Billy nach einem weiteren Heuhalm aus dem Bündel in meiner Hand. Ich konnte es gerade noch festhalten. Als wir die Tür erreichten, wollte ich hineingehen, aber sie war verschlossen.

Billy stand neben uns auf der Veranda.

„Eleanor!", rief ich. Ich konnte nicht in meiner Handtasche nach den Türschlüsseln suchen, weil ich eine Hand für das Heu brauchte.

Eleanor öffnete die Tür einen Spalt und sagte: „Jetzt nicht!" Sie knallte die Tür zu.

„Entschuldigung?", sagte ich. „Wir müssen schnell reinkommen, weil Billy hier bei uns ist."

Eleanor öffnete die Tür, packte mein Handgelenk und zog mich in einer fließenden Bewegung hinein. Dann wiederholte sie den Vorgang mit Matilda, bevor sie die Tür hinter uns zuknallte.

„Was ist los?", fragte Matilda sie. „Hast du völlig den Verstand verloren?"

„Es ist Mr. Crumbles." Eleanor zeigte auf den Kater, der jetzt am Fenster saß, fauchte und mit dem Schwanz peitschte. Ich hatte Mr. Crumbles noch nie so wütend gesehen.

„Er hat eine schreckliche Abneigung gegen Billy entwickelt", sagte Eleanor. „Deshalb habe ich die Tür abgeschlossen. Ich wollte nicht, dass er nach draußen kommt."

„Warum mag er ihn nicht?", sagte ich. „Ist er so mit allen Ziegen?"

„Ich glaube nicht, dass Mr. Crumbles je die Ziegen kennengelernt hat", sagte Eleanor. „Vielleicht denkt er, Billy sei ein großer Hund oder so. Oder vielleicht eine riesige Katze. Wer weiß? Mr. Crumbles greift allerdings sein Spiegelbild an, also mag er vielleicht andere Tiere nicht. Wie auch immer, was auch immer der Grund ist, wir können ihn nicht nach draußen lassen. Jane, wir müssen alle Fenster im Obergeschoss geschlossen halten."

„In Ordnung", sagte ich. „Je eher die Polizei diesen Mord aufklärt, desto besser. Dann können alle unsere Leben wieder normal werden. Wir müssen kein Heu vom Tor zum Haus tragen und auf der Hut sein, um sicherzustellen, dass Mr. Crumbles nicht entkommt und eine Auseinandersetzung mit Billy hat." Ich ging zum Sofa, warf mich darauf und ließ meine Handtasche daneben fallen.

„Mach es dir nicht zu bequem", sagte Eleanor. „Wir haben einen Termin bei Alan Dale."

„Was, doch nicht heute, oder?" Ich hatte einen schrecklichen und ziemlich vollen Tag gehabt. Mein Magen war nach Matildas Fahrt immer noch etwas flau. „Ich hatte gehofft, dieser Tag wäre zu Ende."

„Du willst die Morde doch aufklären, oder?"

Matilda meldete sich zu Wort. „Ich habe Eleanor eine Nachricht geschickt und ihr erzählt, was mit Scott Simmons passiert ist. Er hat meinen richtigen Namen."

Eleanor nickte. „Dann können wir nicht zu Alan Dale gehen und ihm denselben Namen geben. Wir haben mit zwei Bankräubern und der Frau eines Bankräubers gesprochen, und alles, was wir bisher getan haben, ist, ihnen zu sagen, dass wir glauben, es gäbe einen Serienmörder in der Stadt, um ihre Reaktionen zu beurteilen."

Ich hob die Hände zur Decke. „Und wie kann uns das möglicherweise helfen? Sicher würde der Mörder die gleiche Reaktion zeigen wie einer aus der Bande, der nicht der Mörder ist."

„Ich bin mir nicht sicher, ob ich deine Bedeutung verstehe", sagte Matilda.

„Ich meine, wir haben gerade mit Scott Simmons gesprochen. Als du sagtest, du denkst, es gäbe einen Serienmörder, sah er ziemlich entsetzt aus. Das heißt, er sah entsetzt aus bei der Erwähnung des Mordes an zwei seiner ehemaligen Bandenmitglieder. Selbst wenn er nicht der Mörder ist, wäre er entsetzt. Und wenn er *doch* der Mörder ist, würde er immer noch entsetzt aussehen. Ich sehe nicht, wie uns das hilft."

„Das nennt man Aufklärung", sagte Matilda. „Man weiß nie, was man bei einem Gespräch mit einem Verdächtigen herausfinden wird."

Ich schüttelte den Kopf. „Aber genau das ist mein Punkt. Wir haben noch gar nichts herausgefunden.

Absolut nichts! Wir haben keine Ahnung. Das Einzige, was wir bekommen haben, ist Müdigkeit. Wir sind kein Stück weiter als heute Morgen, als wir mit all dem angefangen haben."

Eleanor kam herüber und tätschelte meine Schulter. Ich schaute zu Mr. Crumbles. Er fauchte immer noch und schlug gegen das Fenster. „Lass dich nicht entmutigen, Jane. Außerdem könnten wir vielleicht noch mehr Informationen von Alan Dale bekommen."

„Ich hoffe, du hast recht", sagte ich. „Hast du nicht gesagt, er verkauft Handys?"

Eleanor schüttelte den Kopf. „Ich habe die falsche Person auf Facebook gefunden. Nein, Alan Dale, der Bankräuber, ist ein Stylist."

„Ein Stylist?", fragte ich. „So wie ein Friseur?"

Mir fiel zum ersten Mal auf, dass Eleanors Haare wieder so aussahen wie vor dem bizarren Schnitt und der Färbung. „Eleanor, was hast du mit deinen Haaren gemacht?", fragte ich sie.

„Es ist eine Perücke", sagte sie. „Ich habe ewig gebraucht, um sie festzukleben, damit sie nicht wegfliegt."

Ich zuckte mit den Schultern und wiederholte meine Frage. „Ist Alan Dale ein Friseur?"

„Nein, er arbeitet in einem Sonnenstudio, das an einen Friseursalon angeschlossen ist."

Ich sprang auf. „Auf keinen Fall ziehe ich mich bis auf die Unterwäsche aus und parade vor einem fremden Mann herum!"

„Er ist vielleicht gar nicht so seltsam, Jane", sagte Eleanor. „Zugegeben, ich weiß, dass er ein Bankräuber war, aber er könnte jetzt durchaus nett und resozialisiert sein."

Matilda verdrehte die Augen. „Ich bin sicher, Jane meint, dass er ein Mann ist, den sie nicht kennt."

„Genau!", sagte ich und drückte meine Handtasche an mich. „Egal wie scharf ihr darauf seid, diesen Mord aufzuklären, ich werde mich nicht ausziehen und besprühen lassen."

Eleanor seufzte lang und tief. „Na gut, dann mache ich es eben."

Ich war überrascht. „Du machst es?"

„Natürlich. Deshalb habe ich meine Perücke festgeklebt. Ich habe mir viel Mühe gegeben. Ich hatte gehofft, du würdest auch ein Spray-Tanning machen, Jane, damit wir beide ihn befragen können, aber anscheinend werde nur ich es tun." Sie zögerte und tippte sich ans Kinn. „Ich weiß, ich sage ihm, dass du sehen willst, wie ich gesprüht werde, damit du dich entscheiden kannst, ob du es auch machen willst. So können wir beide mit ihm plaudern."

Ich dachte einen Moment darüber nach. „Ich denke, das könnte funktionieren." Ich war der Meinung, dass ich gerade noch einmal Glück gehabt hatte.

Eleanor schaute auf ihre Uhr. „Oh, wie die Zeit vergeht. Wir sollten jetzt besser los, Jane. Matilda, pass auf, dass Mr. Crumbles nicht rauskommt.

Eigentlich sollten wir ihn jetzt in der Küche füttern und ihn dort einschließen."

„Gute Idee", sagte Matilda. Es brauchte ein halbes Päckchen Leckerlis und viel Ermutigung, bevor Mr. Crumbles aufhörte, Billy anzufauchen und in die Küche ging.

Eleanor und ich schlüpften zur Vordertür hinaus. „Schnell, Heu!", sagte Eleanor. Sie hatte eine riesige Werkzeugkiste auf der Veranda direkt neben der Haustür platziert, so nah, dass wir hineingreifen und etwas Heu nehmen konnten, bevor Billy uns angreifen würde, falls er schon auf der Veranda wäre.

Glücklicherweise war Billy nicht mehr auf der Veranda, und vielleicht war das der Grund, warum Mr. Crumbles bereit gewesen war, in die Küche zu gehen.

Wir nahmen jeweils eine Handvoll Heu und schlichen die Vorderstufen hinunter. „Lauf nicht, denn Billy mag das nicht", warnte mich Eleanor.

„Das hat Matilda mir schon gesagt", erwiderte ich. Wieder einmal war von Billy keine Spur zu sehen, bis er plötzlich hinter uns auftauchte. Tatsächlich hörte Eleanor ihn vor mir und hatte sich bereits umgedreht. Billy schien ruhiger zu sein, wahrscheinlich weil er an Eleanor gewöhnt war, da sie diejenige war, die ihn immer fütterte und sich um ihn kümmerte.

Trotzdem war ich enorm erleichtert, als ich auf der anderen Seite des Tores und im Auto saß. „Ich weiß nicht, wie viel mehr davon ich noch ertragen kann", sagte ich.

„Denk nur daran, wenn du aufwachst und Angst hast, dass ein Mörder ums Haus schleicht", sagte Eleanor, „kannst du beruhigt sein, weil Billy das Haus bewacht."

„Weißt du, du hast recht", sagte ich. „Ich *werde* viel besser schlafen, wenn ich weiß, dass Billy draußen ist."

Der Friseursalon mit dem angeschlossenen Sonnenstudio war nicht weit von Rebeccas Laden entfernt. Eleanor meldete sich an der Rezeption an. Sie hatte wie üblich einen falschen Namen angegeben.

„Ich habe auch für Daisy Sue, meine Tochter hier, gebucht, aber sie ist zu schüchtern", erklärte Eleanor der Dame. „Wäre es in Ordnung, wenn Daisy Sue zuschaut, wie ich gebräunt werde, damit sie sehen kann, dass es nichts zu befürchten gibt? Das arme Ding hatte noch nie einen Freund, deshalb ist sie so schüchtern, wissen Sie."

Die Frau musterte mich von oben bis unten. „Ja, natürlich, das ist in Ordnung. Cynthia, ziehen Sie sich einfach diese Sachen an und gehen Sie dann den Flur runter, erste Tür rechts. Dort ist eine Umkleidekabine. Daisy Sue, du kannst mit deiner Mutter gehen."

Ich bedankte mich und ging den Flur entlang. „Cynthia? Daisy Sue?", flüsterte ich.

„Versuch du mal, dir Namen auszudenken", flüsterte Eleanor zurück. „Aber was auch immer du tust, nenn mich nicht bei meinem richtigen Namen, denn wir könnten es mit einem Mörder zu tun haben."

Ein kalter Schauer lief mir über den Rücken.

Wir betraten einen Raum mit einer zeltartigen Vorrichtung in der Mitte. Auf der anderen Seite gab es eine Tür mit einem Schild, auf dem stand „Umkleidekabine". „Ich bin gleich wieder da", sagte Eleanor.

Wenige Sekunden nachdem sie in die Umkleidekabine gegangen war, öffnete sich die Tür und ein Mann trat ein. Ich wusste aus dem Internet, dass es sich um Alan Dale handelte. „Ah, mein nächster Kunde", sagte er. „Sie sollten sich umziehen."

„Ich bin nur hier mit meiner Mutter, Cynthia", sagte ich. „Ich sollte auch eine Bräunung bekommen, aber ich hatte ein bisschen Angst, also meinte die Dame am Empfang, ich könnte zuschauen und sehen, was passiert."

Er schien nicht im Geringsten an dem interessiert zu sein, was ich zu sagen hatte. „Ach ja, das ist in Ordnung. Ich nehme an, Ihre Mutter zieht sich gerade um?"

„Ja, es sollte nicht lange dauern."

Alan Dale ignorierte mich und wandte sich einigen Geräten zu. Er murmelte verärgert vor sich hin, während er sie vorbereitete. Ich hatte nicht den Eindruck, dass er allzu selbstsicher bei dem war, was er tat.

Eleanor kam in Unterwäsche heraus, einem

schwarzen Spitzentanga und einem gerüschten BH, der wie ein verirrtes Tutu aussah. Ich keuchte auf, und Alan Dale tat es mir gleich.

Sie begrüßte den Mann mit einem breiten Lächeln. „Ich nehme an, ich gehe hier hinein?" Sie deutete auf das Zelt.

Ich hätte nie den Mut gehabt, das zu tun, was sie tat. „Ja, strecken Sie die Arme aus und drehen Sie sich, wenn ich es Ihnen sage", sagte er. „Wie dunkel möchten Sie es haben?"

„Dauert es länger, es dunkler zu machen?", fragte sie.

„Ja, ich mache eine dreifache Anwendung."

„Hast du Zeit zu warten, Daisy Sue?"

„Ja, Mama, nimm dir alle Zeit, die du brauchst."

Tatsächlich dauerte die ganze Prozedur nicht so lange, wie ich gedacht hatte. Eine Anwendung sah gut aus, aber als er mit der zweiten begann, nahm Eleanor eine seltsame orangefarbene Tönung an. Ich dachte, ich sollte besser eingreifen. Ich ging zu ihnen hinüber. „Mama, du wirst sehr dunkel. Meinst du nicht, du solltest es dabei belassen?"

„Ich möchte dunkel aussehen", sagte Eleanor. Zu Alan Dale gewandt, sagte sie: „Bitte ignorieren Sie meine Tochter. Sie hat ein sehr nervöses Gemüt, verstehen Sie, weshalb sie keine Bräunung bekommen wollte. Sie ist schrecklich besorgt, weil in der Gegend Mordopfer gefunden wurden, und sie hat Angst, dass ein Mörder frei herumläuft. Das macht sie noch nervöser als sonst."

„Ach ja, die Leichen, die unter den Dielen eines Hauses gefunden wurden", sagte er. „Ich habe es in den Nachrichten gesehen."

Ich fand das seltsam. Seine Reaktion schien die einer gewöhnlichen Person zu sein, nicht die von jemandem, der die Opfer persönlich gekannt hatte.

„Ja, in den Nachrichten hieß es, es waren Bankräuber", sagte ich in der Hoffnung, irgendeine Reaktion von ihm zu bekommen.

Immer noch das ausdruckslose Gesicht. „Ja, das habe ich gelesen." Zu Eleanor sagte er: „Möchten Sie, dass ich fortfahre? Sie werden dunkler."

„Ja, ich möchte extra dunkel werden", sagte sie. „Ignorieren Sie einfach meine Tochter. Sie ist eine Hypochonderin, die sich immer alle möglichen Krankheiten einbildet. Sie ist jetzt besonders nervös, weil der Mörder noch nicht gefasst wurde. Sie kann nachts nicht schlafen. Ich höre sie zu allen möglichen Morgenstunden die Treppe rauf und runter gehen. Ich hoffe, sie fangen den Mörder bald, damit ich mal wieder durchschlafen kann."

„Ich hoffe wirklich, dass sie das tun." Sein Ton war intensiv. Nach einer kurzen Pause fuhr er fort, Eleanor einzusprühen. Schließlich war er fertig. „So, das ist eine schöne, tiefe Bräune. Lassen Sie mindestens sechs Stunden lang kein Wasser darankommen und duschen Sie nicht. Und ich hoffe, man hat Ihnen gesagt, dass Sie alte Kleidung mitbringen sollten, denn es könnte Ihre Kleidung verfärben. Das steht alles auf diesem Blatt Papier."

Er überreichte Eleanor ein Blatt Papier und verließ dann den Raum. Ich wollte Eleanor etwas sagen, aber sie legte ihren Finger auf die Lippen und eilte in die Umkleidekabine. Sie kam kurz darauf vollständig angezogen wieder heraus. „Im Auto", sagte sie.

„Was denkst du?", fragte ich sie, sobald wir im Auto saßen.

„Als er sagte, er hoffe, dass sie den Mörder fangen, schien er mir aufrichtig zu sein. Ich hatte nicht das Gefühl, dass er das erfunden hat, und er hat keine Ahnung, dass die Leichen unter deinem Haus gefunden wurden, Jane."

„Ja, ich hatte auch den Eindruck, dass er aufrichtig war", sagte ich. „Es klang, als ob er wirklich wollte, dass der Mörder gefasst wird."

„Dann grenzt das die Sache ein", sagte Eleanor, „es sei denn, der Mörder ist keines der Bandenmitglieder, aber das erscheint höchst unwahrscheinlich."

Leider musste ich zustimmen. Das bedeutete, dass Matilda, Eleanor und ich weiterhin in Gefahr sein würden, bis der Mord aufgeklärt war.

KAPITEL 15

Die Morgenzeitung lieferte einige nützliche Informationen. Sie erwähnte die drei verbliebenen Bankräuber, Martin Marks, Scott Simmons und Alan Dale, sowie Martin Marks' Ehefrau, Daphne May. Der Artikel besagte, dass Scott Simmons nie verheiratet gewesen war, erwähnte aber Alan Dales Ex-Frau, Donna, und dass sie ein Inneneinrichtungsgeschäft besaß. Dorthin waren wir gerade unterwegs.

„Gott sei Dank hat die Zeitung deinen Namen oder deine Adresse nicht genannt, Jane", sagte Eleanor.

„Offensichtlich haben die Polizisten es ihnen nicht verraten", sagte ich.

Sowohl Matilda als auch Eleanor kicherten.

„Was ist los?", fragte ich sie.

„Es gibt immer jemanden, der mit der Presse

spricht", sagte Eleanor. „Es ist gut, dass sie es in deinem Fall nicht getan haben."

Ich stimmte zu. „Ja, es wäre schrecklich, Journalisten überall herumschnüffeln zu haben. Sollten wir unsere Tarngeschichte noch einmal durchgehen?"

„Ich glaube nicht, dass wir das müssen", sagte Matilda. „Du hast kürzlich ein Haus gekauft und brauchst Einrichtungstipps."

„Ja, es ist schwierig mit einer Mischung unserer Stile." Und das war die Wahrheit. Meine Vorstellung von Einrichtung war am anderen Ende des Spektrums verglichen mit den gemeinsamen Ideen von Matilda und Eleanor. Sie mochten grelle, auffällige Möbel, und zu sagen, ihr Stil sei eklektisch, wäre noch untertrieben.

Wir mussten ein paar Blocks von Donnas Laden entfernt parken. „Ich hoffe, sie arbeitet heute", sagte ich. „Es wäre schrecklich, wenn wir uns die ganze Mühe machen und dann nur einen Mitarbeiter dort vorfinden."

„Wir müssen auf jede Möglichkeit vorbereitet sein und jeden Nachteil zu unserem Vorteil nutzen", erklärte mir Matilda. „Wenn ein Mitarbeiter anwesend ist, können wir diesen Mitarbeiter über Donna Dale und ihre Beziehung zur Bande befragen. Tatsächlich könnte es sogar besser sein. Sieh immer die positive Seite, Jane."

Ich seufzte. „Du hast Recht."

Als wir zuerst den Retro Home Designs Laden betraten, war niemand in Sicht. Ich hatte einen hellen, luftigen Raum mit weißen Wänden und Stoffmustern an den Wänden erwartet, aber stattdessen sah es aus wie ein Antiquitätenladen. Spindelrückige Korbstühle aus dem 19. Jahrhundert standen neben schweren jakobinischen und edwardianischen Esszimmergarnituren. Anstelle des typischen Antiquitätengeruchs hing jedoch der angenehme Duft von Lavendel in der Luft. Ich vermutete, dass irgendwo außer Sichtweite ein oder mehrere Öldiffusoren platziert waren. Der Duft war zu stark für Potpourri.

Eine lächelnde Frau kam aus einem Hinterzimmer. Sie war kleiner als wir drei, mit schulterlangem blondem Haar. Sie war halb-leger gekleidet, und als sie näher kam, sah ich, dass sie makellose Haut hatte und anscheinend wenig oder gar kein Make-up trug. „Hallo, kann ich den Damen mit etwas Bestimmtem helfen?"

In diesem Moment klingelte die Alarmglocke über der Tür, und zwei Männer in Anzügen eilten herein. „Donna Dale?", fragte einer sie.

Donna machte einen Schritt zurück. „Wer sind Sie?"

„Ich bin Pete Smith, und das ist mein Kameramann", sagte der erste Mann. Er sprach so schnell weiter, dass ich nicht ganz verstehen konnte, was er sagte, nur dass er von einer Zeitung war.

„Ich spreche nicht mit der Presse", fauchte

Donna. „Bitte verlassen Sie meinen Laden. Sie sind hier unbefugt."

Der Mann ignorierte sie. „Und verdächtigen Sie Ihren Mann, Alan Dale? Die Polizei tut es jedenfalls. Finden Sie es nicht verdächtig, dass Ihr Mann und seine zwei Komplizen kurz bevor die Leichen gefunden wurden, aus dem Gefängnis kamen?"

„Aber die Zeitung schrieb, dass eine dieser Leichen schon seit Jahren dort liegt", sagte Donna. Ihr Gesicht war schrecklich blass geworden. „Verlassen Sie sofort meinen Laden, oder ich rufe die Polizei."

„Wir tun nichts Illegales", sagte der Mann. „Vermuten Sie, dass Ihr Mann der Mörder ist? Ist das der Grund, warum Sie ihn verlassen haben? Und haben Sie die fehlenden zehn Millionen Dollar benutzt, um diesen Laden zu finanzieren?" Der Ton des Mannes war übermäßig aggressiv.

Donna sah aus, als würde sie gleich in Tränen ausbrechen. Matilda stellte sich zwischen sie. „Junger Mann, verlassen Sie sofort diesen Laden."

Er lachte. „Was wollen Sie dagegen tun?"

Blitzschnell hatte Matilda ihn in einem Handgelenkhebel und eskortierte ihn zur Vordertür hinaus. Sein Kameramann trottete hinterher, ohne Ärger zu machen. Sie gab dem Mann einen kräftigen Stoß nach draußen, dann schloss Donna die Tür hinter ihnen ab und zog die Vorhänge zu.

„Danke. Vielen Dank", keuchte sie. „Ich weiß

nicht, was ich getan hätte, wenn Sie nicht hier gewesen wären."

„Geht es Ihnen gut?", fragte ich sie. Es war offensichtlich, dass es ihr *nicht* gut ging, aber ich wusste nicht, was ich sonst sagen sollte.

Zu meinem Entsetzen brach sie in Tränen aus. „Es war alles so schrecklich, so schrecklich."

„Kann ich Ihnen eine Tasse Tee machen?", fragte Matilda sie. „Sie sehen aus, als bräuchten Sie eine heiße Tasse Tee mit viel Zucker."

Donna zögerte und sprach einen Moment lang nicht. Schließlich sagte sie: „Oh ja, bitte, das wäre wunderbar." Sie griff hinter den Vorhang und drehte das Schild auf geschlossen. „Es tut mir leid wegen all dem."

„Sie haben sich für nichts zu entschuldigen", sagte ich ihr.

Donna führte uns in einen kleinen Hinterraum, in dem ein kleiner Tisch stand, der gerade groß genug für vier Personen war, sowie eine kleine Kochnische. Matilda machte sich sofort daran, Donna eine Tasse heißen Tee zuzubereiten.

„Bitte, bedienen Sie sich alle mit einer Tasse Tee oder Kaffee, und in dieser Dose dort drüben sind Kekse." Donna nickte zu einer blau-weißen Keramikdose, die neben einem violetten Öldiffusor stand. Das war die Quelle des köstlichen Lavendelduft, oder zumindest eine der Quellen.

„Ich schäme mich schrecklich für all das", sagte

Donna. „Haben Sie verstanden, worum es bei all dem ging?"

Ich sah Eleanor und Matilda um Rat suchend an.

Eleanor nickte. „Ich denke schon. Mir ist es erst klar geworden, als die Journalistin sprach und Alan Dale erwähnte. War er nicht in irgendeiner Weise mit der Bankräuberbande verbunden? Zwei der Mitglieder wurden kürzlich unter einem Haus begraben gefunden."

Donna tupfte sich mit einem Taschentuch unter den Augen. „Ja, das stimmt. Alan Dale ist mein Ex-Mann. Ich wusste nicht, dass er ein Verbrecher war, verstehen Sie. Er war mein Reitlehrer, und ich habe mich in ihn verliebt."

„Ein Reitlehrer!", rief ich aus. Ich fragte mich, was er jetzt im Solarium machte, aber ich nahm an, er versuchte jeden Job zu bekommen, den er kriegen konnte.

„Ja, er war gut mit Pferden, aber nicht mit Menschen, wie ich zu meinem Nachteil herausfand", sagte sie. „Er machte Dressurreiten und kaufte teure Warmblutpferde. Ich dachte, er hätte das Geld auf ehrliche Weise verdient. Ich ließ mich von ihm scheiden, als er im Gefängnis saß. Er war darüber nicht gerade glücklich, aber unsere Ehe war schon seit Jahren zerrüttet. Wenn er nicht ins Gefängnis gekommen wäre, hätte ich mich sowieso von ihm scheiden lassen." Sie schniefte wieder. „Ich hatte Geld, als ich ihn heiratete, und ich besaß diesen Laden schon vor unserer Ehe. Jetzt muss ich mich all diesen schrecklichen Fragen über die verschwundenen Millionen stellen."

Eleanor beugte sich über den Tisch und tätschelte ihre Hand. „Das muss furchtbar für Sie sein."

Sie nickte. „Als Alan und die anderen verhaftet wurden, habe ich alle meine Freunde verloren."

Matilda stellte eine dampfende Tasse Tee vor ihr ab. „Na ja, dann waren es wohl keine echten Freunde, wenn sie Sie im Stich gelassen haben, oder?"

Donna nickte leicht. „Ich nehme an, Sie haben recht." Sie klang nicht überzeugt.

Matilda machte ein paar Gänge zur Theke und zurück. Sie stellte vor jeder von uns eine Tasse ab und dann einen Teller mit Keksen aus dem Glas. „Greift zu. Ihr werdet euch viel besser fühlen. Ich heiße Suzanne, und das ist meine Freundin Cathy. Dort drüben ist unsere junge Freundin Genevieve."

„Schön, euch alle kennenzulernen. Ich bin Donna, aber das habt ihr wahrscheinlich schon gehört."

Ich versuchte, das Gespräch am Laufen zu halten. „Es muss schrecklich für Sie sein, all dieser Ärger mit Journalisten und ich nehme an, auch mit der Polizei."

„Die Polizei!", rief sie aus. „Die belästigen mich auch."

Matildas Gesicht zeigte gespielte Überraschung. „Die Polizei? Warum sollten die Sie belästigen?"

„Na ja, wegen der Leichen", sagte sie. „Zwei

Mordopfer wurden gefunden. Eines wurde vor zehn Jahren ermordet und das andere erst kürzlich. Es gab fünf Mitglieder in der Bande, und die Leichen waren zwei von ihnen. Die drei übrigen Mitglieder, mein Ex-Mann Alan und die anderen beiden Bandenmitglieder, wurden erst kürzlich aus dem Gefängnis entlassen, wahrscheinlich um die Zeit des zweiten Mordes herum."

„Ich kann verstehen, warum die Polizei Ihren Ex-Mann und die anderen beiden verbliebenen Bandenmitglieder befragen würde, aber was hat das mit Ihnen zu tun?", sagte ich. „Sie haben sich doch schon vor Jahren von ihm scheiden lassen."

„Sie haben Sie doch nicht etwa beschuldigt, oder?", fragte Matilda. „Sicherlich können sie Sie nicht verdächtigen?"

Sie zuckte mit den Schultern. „Ich weiß nicht. Ich fühle mich immer schuldig, wenn ich einen Polizisten sehe, seit ich herausgefunden habe, dass Alan ein Bankräuber war. Sie haben nicht vorgeschlagen, dass ich einen Anwalt nehmen soll oder so, aber ich hatte nie wirklich viel mit der Polizei zu tun. Ich meine, damals, als Alan verhaftet wurde, schon – sie haben mich viel befragt, und ich bin mir sicher, dass sie damals dachten, ich sei eine Komplizin."

„Aber das denken sie jetzt nicht mehr?", fragte Eleanor sie.

Sie zuckte wieder mit den Schultern. „Ich glaube nicht, aber man kann nie sicher sein, oder?" Wir zuckten alle mit den Schultern. Sie fuhr fort: „Sie fragten mich, wer einen Groll gegen die Opfer, Craig und Todd, hegte. Sie wollten wissen, ob Martin, Scott oder Alan ein Problem mit Craig oder Todd hatten."

„Ich hoffe, Sie konnten ihnen einige Informationen geben, denn das würde sie von Ihnen ablenken", sagte Matilda, wie ich fand, ziemlich clever.

Donna rührte geräuschvoll in ihrem Tee, ihr Löffel klirrte gegen die Teetasse. Als sie endlich damit aufhörte, sagte sie: „Ich habe ihnen gesagt, dass Martin einen Groll gegen Craig hegte."

„War Craig das erste Opfer?", fragte ich sie.

Sie schniefte und nickte. „Ja, Craig wurde vor einigen Jahren ermordet."

„Warum hatte Martin speziell ein Problem mit Craig?", fragte Matilda sie.

„Martin hatte ein Problem, weil seine Frau, Daphne May, eine Affäre mit Craig hatte."

Ich war schockiert, versuchte aber, meinen Gesichtsausdruck neutral zu halten. „Hatten sie sicher eine Affäre, oder wurde es nur vermutet?", fragte ich sie.

„Ich glaube, jeder wusste es", sagte sie. „Und natürlich mochte Todd Craig nicht, weil Craig..." Ihre Stimme verstummte.

Matilda lehnte sich vor und tätschelte wieder ihre Hand. „Schon gut. Sie müssen uns nichts erzählen. Sprechen Sie nur, wenn es Ihnen hilft, sich besser zu fühlen. Ich bin froh, dass wir zur richtigen Zeit am richtigen Ort waren und wir den Journalisten für Sie aus Ihrem Laden vertreiben konnten."

Donna warf Matilda einen dankbaren Blick zu. „Haben Sie in den Zeitungen gelesen, dass eine Summe von zehn Millionen Dollar verschwunden ist?"

Ich bemühte mich weiterhin, einen ausdruckslosen Gesichtsausdruck zu bewahren, aber Matilda nickte leicht. „Ich glaube, ich erinnere mich, so etwas gehört zu haben." Sie klang ausgesprochen vage.

„Todd hat Craig immer beschuldigt, dieses Geld versteckt zu haben. Todd dachte, Craig hätte es getan. Zwischen den beiden herrschte definitiv keine Liebe, das steht fest."

„Schien die Polizei nah dran zu sein, herauszufinden, wer die Männer ermordet hat?", fragte Matilda sie. „Denn sobald sie die Morde aufklären, werden Sie weder von der Polizei noch von den Journalisten weiter belästigt werden."

Donna stieß einen langen Seufzer aus. „Wisst ihr, ich glaube nicht, dass sie eine Ahnung haben, zumindest soweit ich das beurteilen konnte, aber natürlich würden sie mir ihre Gedanken nicht offenbaren." Sie schien die Angelegenheit zu überdenken. Es dauerte eine Weile, bis sie wieder sprach. „Trotzdem hatte ich den Eindruck, dass sie es wirklich nicht wussten. Das konnte man an den Fragen erkennen, die sie stellten. Sie schienen völlig zusammenhangslos zu sein, ohne einen konsistenten Gedankengang. Ich dachte mir, ihre Vermutungen waren genauso gut wie meine."

Sie schenkte uns ein halbes Lächeln. „Nun, gibt es etwas Bestimmtes, das ihr heute möchtet? Ich biete euch gerne zehn Prozent Rabatt für all eure Hilfe an."

KAPITEL 16

Damon tauchte unerwartet auf, um anzukündigen, dass er die Sicherheitskameras installieren würde. Eine Stunde später teilte er mir mit, dass er am nächsten Tag um drei Uhr zurückkommen würde, um die Installation der Sicherheitskameras abzuschließen.

„Am Nachmittag?", fragte ich hoffnungsvoll, obwohl ich ein flaues Gefühl im Magen hatte. Ich war erfreut, dass Damon mich beschützen wollte. Ich wusste nur nicht, warum er mich so früh am Morgen beschützen musste.

„Nein", antwortete er. „Am Morgen."

„Du wirst um drei Uhr morgens nichts sehen können."

„Genau. Und niemand wird mich sehen können. Ich möchte nicht, dass irgendjemand weiß, dass es Sicherheitskameras außerhalb deines Hauses gibt."

„Könnten wir die Kameras nicht jetzt fertig

anbringen?" Ich wollte wirklich nicht um drei Uhr morgens aufstehen.

„Ich kann nicht riskieren, dass uns jemand sieht. Um drei Uhr morgens wird uns niemand sehen." Damon war stur. Ich mochte das an einem Mann, was bedeutete, dass ich nur seufzte und nickte. Ich konnte erkennen, dass es keinen Sinn hatte, ihn von seinem Drei-Uhr-morgens-Plan abzubringen. Wenn ein Mann beschließt, dass er etwas tun muss, um eine Frau zu beschützen, gibt es wirklich wenig, was man tun kann, um ihn zu überzeugen, vernünftiger zu handeln. Es war besser, nachzugeben.

„Ich mache nur Spaß, Jane." Sein Gesicht brach in ein breites Lächeln aus. „Ich bin mit der Installation der Kameras fertig, und ich dachte, wir könnten vielleicht zu Abend essen."

Ich konnte spüren, wie mein Gesicht heiß wurde. „Spaß?", rief ich aus. Ich zwang mich zu einem Lächeln. „Ha ha. Da bin ich drauf reingefallen. Na gut, was hältst du von Chinesisch?"

Jetzt war es an Damon, rot zu werden. „Ich hatte eigentlich gehofft, dass ich für dich kochen könnte."

„Du kannst kochen?" Das war neu für mich.

„Ich hatte gehofft, wir könnten das gemeinsam herausfinden."

Ich schenkte mir ein Glas Wein ein und hoffte, dass Matilda und Eleanor noch lange bei ihrer Freundin bleiben würden. Es hatte etwas, am Küchentisch zu sitzen, Käse zu knabbern und dabei einem attraktiven Mann zuzusehen, wie er in der

Küche herumwuselte. An dieses Leben könnte ich mich gewöhnen.

Damon band sich Matildas Schürze um, die rosa war und mit roten Rosen bedeckt war, und zwinkerte mir zu. Sein Hemd war ein bisschen zu eng, sodass der Stoff über seiner Brust und seinen Armen spannte. Das störte mich kein bisschen. Er sah aus wie Clark Kent.

„Was gibt es denn?", fragte ich, aber nur, weil ich mich ein wenig albern fühlte, einfach schweigend dazusitzen und zu starren.

„Das wirst du schon sehen", sagte er und zwinkerte dann.

Ich beobachtete, wie Damon Öl in einer Pfanne bei mittlerer Hitze erhitzte, seufzte, als er den Knoblauch hinzufügte und kochte, bis die Küche von einem herrlichen Duft erfüllt war, schmolz dahin, als er die Fleischbällchen in seinen starken Händen formte, und erschauderte, als er sie sieben Minuten lang kochte. Wer hätte gedacht, dass ein Mann, der die grundlegende Aufgabe des Kochens ausführt, mich so ins Schwitzen bringen könnte, besonders da ich keinen Kragen trug, sondern einen Pyjama, den Matilda mir letztes Weihnachten geschenkt hatte. Er war furchtbar dick und mit Rentieren bedeckt, und ich hatte ihn behalten, um ihn im Garten zu tragen.

„Woran denkst du?", fragte Damon. Er goss Tagliatelle in einen Topf mit kochendem Wasser.

„Ich sollte mich umziehen", antwortete ich.

„Aber du siehst so niedlich aus", sagte Damon,

und ich konnte nicht sagen, ob er es ernst meinte oder nicht. „Ich habe einen Pyjama, der genauso aussieht."

„Ärgere mich nicht. Ich habe dich heute Abend nicht erwartet."

„Du hast das also nicht extra für mich angezogen?" In Damons Augen lag ein freches Funkeln.

Ich beschloss, seine Bemerkung nicht zu würdigen. „Bleib einfach genau da, okay."

„Beeil dich. Das Essen ist fast fertig."

Ich ging höflich in mein Schlafzimmer und stürzte mich dann wie eine Verrückte, die Mr. Rochester heiraten und dann auf seinem Dachboden einsperren würde, auf meinen Kleiderschrank.

Ich brauchte etwas Niedliches zum Anziehen, aber es durfte nicht zu niedlich sein, weil Damon sonst denken würde, ich flirte mit ihm. Es durfte aber auch nicht nicht niedlich sein, weil ich ja mit Damon flirten wollte. Ich wollte nur nicht, dass er merkt, dass ich flirte, sonst würde er denken, ich sei eine verzweifelte alte Jungfer, die besser im Tierheim Katzen adoptieren sollte, anstatt seine Tagliatelle zu essen.

„Jane?"

„Ich komme gleich", sagte ich und zwängte mich in ein Kleid, aus dem ich später nur mit einem Kran wieder herauskommen würde.

„Ich dachte, ich ziehe mir einfach dieses alte Ding an", sagte ich, als ich die Küche betrat.

„Du siehst bezaubernd aus", sagte Damon.

Mir war gar nicht aufgefallen, wie bauschig der Rock des Kleides war, als ich es aus meinem Schrank gegriffen hatte. „Nun, ich wollte mir Mühe geben."

Damon lachte. „Nimm noch ein Glas Wein."

Ich lächelte. Damon fand mich schön. Ich konnte das nicht nur an seinen Worten erkennen, sondern auch an der Art, wie er mich ansah, was eine Art war, wie mich schon sehr lange kein Mann mehr angesehen hatte.

Nach dem Essen küsste Damon mich auf die Wange. „Komm und sieh dir die Kameras an."

Er hatte sieben Kameras rund um das Haus installiert und zeigte mir jede einzelne. Wir mussten Billy während des ganzen Vorgangs füttern.

„Die Kameras werden dich alarmieren, wenn sie jemanden draußen erfassen. Ich werde viel besser schlafen, wenn ich weiß, dass du sicher bist", sagte Damon.

„Was ist mit Billy?", fragte ich ihn, als wir wieder drinnen waren. „Wird er die Kameras auslösen?"

„Ich habe die Einstellungen so geändert, dass sie nur jemanden erfassen, der größer als eine Ziege ist", sagte Damon. Er lud die App auf mein Handy und zeigte mir, wie alles funktionierte. Er setzte sich neben mich und legte einen Arm um meine Schultern.

Waren wir jetzt ein Paar? Ich konnte es kaum sagen. Trotzdem entwickelten sich die Dinge ganz gut.

KAPITEL 17

An einem klaren Sonntagmorgen genoss ich meinen Kaffee allein. Mr. Crumbles saß zu meinen Füßen und schnurrte laut. Offensichtlich war Billy nicht in Sichtweite der Fenster. Mr. Crumbles mochte diese Ziege wirklich nicht.

Ich schwebte auf Wolke sieben nach meinem wunderbaren Abendessen mit Damon am Vorabend und hatte tief und fest geschlafen.

Ich schätzte immer die Ruhe der frühen Morgenstunden. Es war die Zeit, um meinen Kopf für den Tag zu ordnen, und ich genoss die Einsamkeit.

Es sollte nicht lange andauern. Eleanor platzte in den Raum, gefolgt von Matilda. „Alan Dale, der Typ aus dem Sonnenstudio, wird heute eine Kirche hier in der Gegend besuchen. Ich hab's auf seiner Facebook-Seite gesehen. Wir können alle hingehen und ihn im Auge behalten."

Ich seufzte und vergrub mein Gesicht in den Händen. Nach einer Weile sagte ich: „Nur einer aus der Bande wird dort sein?"

Eleanor zuckte mit den Schultern. „Soweit ich weiß, aber ich glaube nicht, dass Leute mit Vorstrafen sich miteinander treffen dürfen."

Matilda widersprach wie üblich. „Das ist von Bundesstaat zu Bundesstaat unterschiedlich. Ich denke, wenn sie nicht mehr auf Bewährung sind, dürfen sie sich miteinander treffen."

„Aber sicherlich *sind* sie noch auf Bewährung", sagte Eleanor.

Ich rieb mir die Stirn und hoffte, keine weitere Migräne zu bekommen. „Na ja, wir werden es bald herausfinden, wenn wir dort sind, oder?"

„Ja, und wir müssen unser Aussehen verändern", sagte Eleanor. „Alan Dale hat uns beide schon gesehen, und wenn eines der anderen Bandenmitglieder da ist, werden sie Matilda erkennen."

Ein ungutes Gefühl machte sich in meiner Magengegend breit. „An was für eine Verkleidung hast du gedacht?", fragte ich sie.

Ich sah Eleanor an, die einen tieforangenen Teint und einen grün-roten Vokuhila trug.

„Wir werden uns so verkleiden, dass wir alt aussehen", sagte sie.

Ich verbiss mir die offensichtliche Erwiderung und wandte mich stattdessen an Matilda. „Und du denkst, das ist eine gute Idee?"

Matilda sah unzufrieden aus, dass sie Eleanor zustimmen musste, aber zustimmen tat sie. „Ich sehe im Moment keine andere Möglichkeit", sagte sie. „Wir haben einfach nicht genug Beweise."

„Also gut, was habt ihr mit mir vor?" Ich hob eine Hand zur Betonung. „Ich werde meine Haare weder schneiden noch färben", sagte ich im entschiedensten Ton, den ich aufbringen konnte.

„Nein, das ist schon in Ordnung. Wir werden dich auch alt aussehen lassen, und wir werden uns selbst gebrechlich und schwach darstellen."

„Könnte ich nicht einfach so gehen, wie ich bin?", fragte ich sie.

Meine Hoffnungen wurden schnell zunichte gemacht, als Matilda widersprach. „Nein, nein, nein. Wir sind drei Damen in einem bestimmten Alter, und wenn wir alle zusammen gesehen werden, wäre das verdächtig. Niemand wird drei Damen in unserem Alter beachten. Wir werden dich so aussehen lassen, als wärst du in unserem Alter. Und wir werden uns alle vorbeugen und langsam gehen, als hätten wir keine Energie. Niemand wird uns bemerken. Wir werden unsichtbar sein, du wirst schon sehen."

Ich hatte noch nie eine Perücke getragen und war daher auf den langwierigen Prozess nicht vorbereitet. Zuerst stopfte Eleanor meine Haare nicht gerade sanft in ein viel zu enges Haarnetz und steckte alles fest. „Jetzt muss ich dieses Gel verwenden, um die Perückenkappe an deinem Kopf zu befestigen", erklärte sie mir. Sie zögerte. „Es heißt zwar Gel, ist aber eigentlich starker Kleber."

Ich war entsetzt. „Das ist nicht dein Ernst, oder?"

Sie nickte.

„Kleben sich alle Leute Perücken an den Kopf?"

Eleanor zuckte mit den Schultern. „Wir kleben die Perücke nicht an deinen Kopf, Jane. Ich werde nur vorne herum kleben, und ja, das ist die richtige Art, eine Perückenkappe anzubringen, es sei denn, du hast natürlich ein rutschfestes Perückenband, aber damit können wir heute kein Risiko eingehen."

Sie plapperte weiter und weiter über die Feinheiten von Perücken, und ich schaltete ab. Schließlich sagte ich: „Okay, mach, was du willst."

Sie trug den Kleber auf, und nach einer Weile stupste sie an meinem Kopf herum. „Was machst du da?", fragte ich sie und dachte, dass ich es vielleicht besser gar nicht wissen wollte.

„Ich warte nur darauf, dass er klebrig wird", sagte sie.

Offenbar war der Kleber ausreichend klebrig, denn Eleanor holte die scheußlichste weiße Perücke hervor, die ich je gesehen hatte, und setzte sie mir auf den Kopf. Ich war froh, dass ich nicht vor einem Spiegel saß. „Das ist keine besonders attraktive Perücke", bemerkte ich.

Eleanor schenkte mir ein breites Lächeln. „Nein, natürlich nicht. Du sollst ja wie eine halb kahlköpfige alte Dame aussehen."

„Toll!", verdrehte ich die Augen.

Sobald die Perücke zu Eleanors Zufriedenheit und ziemlich fest auf meinem Kopf saß, holte Eleanor eine große Schminkbox hervor. „Zuerst solltest du vorsichtig ein paar Sachen anziehen", sagte sie. „Und sei sehr vorsichtig, wenn du dir etwas über den Kopf ziehst mit dieser Perücke. Verrutsche das Band nicht."

Ich hatte fast vergessen, dass ich ein enges Band um den Kopf hatte, damit der Kleber gut haften würde, laut Eleanor. Ich war froh, dass das Band nicht allzu lange dort bleiben würde.

Eleanor reichte mir die schrecklichsten Klamotten, die ich je gesehen hatte. Ich rümpfte die Nase. „Was ist das für ein grässlicher Geruch?"

„Mottenkugeln natürlich", sagte Eleanor fröhlich. „Manche Leute denken, alte Damen riechen nach Mottenkugeln. Wir müssen ihren Erwartungen entsprechen."

Es wurde immer schlimmer. Ich zog das furchtbare alte Kleid und die dicken, blickdichten Strümpfe an. „Kann ich jetzt schon in den Spiegel schauen?", fragte ich.

Eleanor kicherte. „Nein. Du musst warten, bis ich dein Make-up aufgetragen habe, damit du den vollen Effekt hast."

Ich war mir nicht sicher, ob ich den vollen Effekt überhaupt wollte, aber ich hatte mich dem Prozess bereits verschrieben. Ich saß schweigend da, während Eleanor mein Make-up auftrug. „Wir geben dir ein schönes Contouring, damit deine Wangen eingefallen aussehen und du viele Falten und tiefe Furchen bekommst", sagte sie fröhlich. „Das ist natürlich nur eine schnelle Arbeit."

„Ich bin froh, dass du dich nicht hinreißen lässt, Eleanor", sagte Matilda in zustimmendem Ton.

„Was meinst du mit ‚hinreißen lassen'?", fragte ich sie.

„Eleanor ist fantastisch im Schminken." Matilda runzelte die Stirn, als sie ihrer Schwester ein Kompliment machte. „Sie macht die besten falschen Wunden, die ich je gesehen habe. Ihre Einschusslöcher sind die wunderbarsten in der ganzen Branche."

Ich verengte meine Augen. „Und welche Branche ist das?"

Matilda wedelte mit einer Hand durch die Luft. „Das ist nur eine Redewendung. Du weißt schon, jeder, der gut im Schminken ist."

Eleanor trat zurück, um ihr Werk zu bewundern. „Ausgezeichnet."

„Kann ich jetzt in den Spiegel schauen?"

„Ja, aber ich möchte, dass du zuerst das Gehen übst." Eleanor reichte mir einen Gehstock. Sobald ich ihn nahm, riss sie ihn mir wieder aus der Hand. „Ich zeige es dir. Du musst so gehen. Die schweren Schuhe werden dabei helfen."

Die schweren Schuhe zwickten tatsächlich schrecklich an meinen Zehen, aber als ich das Eleanor gegenüber erwähnte, sagte sie, das würde mir helfen, in der Rolle zu bleiben. Ich machte mehrere Runden durch das Wohnzimmer, bevor die Schwestern mit meiner Gangart zufrieden waren.

„Jetzt kannst du in den Spiegel schauen", sagte Eleanor.

Ich machte Anstalten, die Treppe hinaufzugehen, aber Eleanor legte mir eine zurückhaltende Hand auf den Arm. „Bleib von jetzt an in deiner Rolle, Jane. Humpel die Treppe hinauf und lass dir viel Zeit dabei."

Ich ging vorsichtig die ersten Stufen hinauf und blickte dann über meine Schulter. Die Schwestern sahen mich an. Eleanor gab mir ermutigend den Daumen hoch. Ich ging noch ein paar Schritte sehr vorsichtig und gebückt und sah dann zurück. Sie schauten mich immer noch an. Ich seufzte und machte mich langsam auf den Weg zu meinem Schlafzimmer.

Als ich in den Spiegel schaute, konnte ich kaum einen markerschütternden Schrei unterdrücken. Ich sah überhaupt nicht wie ich selbst aus. Ich sah tatsächlich wie eine kränkliche und ziemlich alte Frau aus, die bessere Tage gesehen hatte. Ich trat näher an den Spiegel heran, ein Teil von mir wollte gar nicht hinsehen, aber ein anderer Teil war fasziniert von dem cleveren Make-up, das Eleanor gemacht hatte.

Ich stürmte aus meinem Schlafzimmer und eilte zum oberen Treppenabsatz, bevor ich mich daran erinnerte, dass ich in meiner Rolle bleiben musste. Ich humpelte langsam die Treppe hinunter.

„Was denkst du?", fragte mich Eleanor.

„Ich sehe absolut grauenhaft aus!", sagte ich.

Ein breites Lächeln breitete sich auf ihrem Gesicht aus.

„Wie lange braucht ihr beide, um fertig zu werden?", fragte ich sie.

„Wahrscheinlich eine Stunde", sagte Eleanor.

Ich keuchte. „Eine ganze Stunde? Muss ich diese Kleidung eine Stunde lang tragen und so aussehen?"

Beide nickten. „Du brauchst eine Stunde zum Üben", sagte Eleanor.

Ich war alles andere als erfreut. Die Stunde schien sich ewig hinzuziehen und dauerte tatsächlich fast zwei Stunden.

Als Eleanor und Matilda erschienen, war ich schockiert. Sie sahen beide aus wie ich, trugen ähnliche Perücken. Beide hatten tiefe Furchen unter den Augen, und ihre Teints waren fahl und kränklich. Eleanors grässliche orangefarbene Bräune war durch einen blassen, kränklichen, weißen Teint ersetzt worden. Die Schwestern waren ebenfalls gebeugt und stützten sich auf Gehstöcke.

„Na dann, Jane, lass uns zur Kirche gehen", sagte Eleanor in übertrieben fröhlichem Ton.

Da fiel es mir ein. „Wir müssen an Billy vorbei!"

Eleanor biss sich auf die Lippe. „Also gut, wir bleiben nicht in unseren Rollen, bis wir im Auto sind."

Mit Heu in den Händen machten wir uns ganz sicher durch das Feld. „Billy ist es jetzt gewohnt, gefüttert zu werden, wenn er jemanden in der Nähe des Hauses sieht", sagte Eleanor. „Wenn der Mörder wieder hierher kommt, wird Billy in einer noch schlechteren Stimmung sein, wenn er nicht gefüttert wird." Sie kicherte.

Ich schüttelte nur den Kopf und sprang in mein Auto.

Wir kamen etwas zu spät in der Kirche an. Alle saßen bereits. Ich dachte, das wäre genauso gut, da wir uns nicht mit irgendwelchen Menschenmengen vermischen mussten. Ich folgte der Führung der Schwestern, ging gebückt und langsam mit meinem Gehstock zur Kirche.

Wir nahmen in den Kirchenbänken im hinteren Teil der Kirche Platz. Die Leute sangen bereits einen Hymnus. Eleanor bedeckte ihr Gesicht mit ihrem Gesangbuch und sagte zu mir: „Da drüben vorne ist Alan Dale."

„Welcher ist er?", fragte Matilda. Eleanor zeigte ihn ihr.

„Könnt ihr andere Bandenmitglieder sehen?", flüsterte ich. Wir sahen uns alle im Raum um.

„Nein, aber ich kann Detektiv Collins und Detektiv Wright sehen", sagte Matilda.

„Sie sind hier?" Ich war schockiert. Bedeutete das, dass sie dachten, Alan Dale sei der Mörder? Oder behielten sie einfach alle Verdächtigen im Auge?

Wir saßen den ganzen Gottesdienst durch. Der Pfarrer erzählte viele Witze, und alle lachten herzlich. Allerdings sprach er sehr lange. Als er begann: „Und nun, um meine Predigt abzuschließen", hob sich meine Stimmung.

Nachdem er seine Predigt beendet hatte, sagte er: „Und nun, nach dem Schlusslied, sind Gemeindemitglieder und Besucher gleichermaßen eingeladen, im Nebenraum hier miteinander Gemeinschaft zu haben." Er zeigte über seine linke Schulter. „Jeder ist willkommen."

Während alle das Schlusslied sangen, sagte Eleanor: „Ich werde noch einmal mit Alan Dale sprechen."

„Aber er wird dich erkennen", sagte ich.

Eleanor kicherte. „Nein, wird er nicht. Du kannst mitkommen und wirst es sehen. Matilda, du behältst die Detektive im Auge."

„Ja, das wollte ich auch gerade vorschlagen", sagte Matilda.

Kaum war das Lied zu Ende, eilten die Leute in den Nebenraum. Wir drei brauchten eine Weile, um dorthin zu gelangen, da wir sehr langsam gehen mussten.

Sobald wir durch die Tür waren, trennte sich Matilda von uns und ging in Richtung der Detektive, während ich Eleanor direkt zu einem Tisch voller Kekse folgte.

„Lass uns etwas zu essen holen, bevor wir mit Alan sprechen", sagte sie. Ich wählte einen Cracker mit Käse, während Eleanor sich für einen kleinen Schokoladencupcake entschied. Wie der Zufall es wollte, stand Alan an einem nahe gelegenen Tisch und machte sich einen Kaffee. Er war nur wenige Zentimeter von uns entfernt. Eleanor sprach ihn sofort an. „Ausgezeichneter Gottesdienst heute, wie immer."

Er schenkte ihr ein schmallippiges Lächeln.

„Ich glaube, ich habe Sie hier noch nicht gesehen", fuhr sie fort. „Ich bin Susan Chaffey."

„Schön, Sie kennenzulernen. Ich bin Alan Dale."

„Ich war ein wenig besorgt, dass wir heute keine Gebetsanliegen hatten", sagte sie. „Ich wollte darum beten, dass wir alle vor dem Mörder sicher sind."

Alans Gesicht wurde bleich. „Ach ja, der Mörder", sagte er. „Vielleicht könnten wir nächste Woche ein Anliegen dafür einreichen."

„Ist dies Ihr erstes Mal hier in der Kirche?"

Er schüttelte den Kopf. „Nein, ich komme schon eine Weile hierher."

Eleanor kicherte. „Es tut mir so leid. Meine Augen sind nicht mehr das, was sie mal waren, und ich höre auch ziemlich schlecht. Würden Sie bitte das Gebetsanliegen für nächste Woche einreichen? Bitte bitten Sie darum, dass der Mörder gefunden wird, bevor er jemand anderen ermordet. Ich kann den Pfarrer nie hören, da er so leise spricht."

Alan sah aus, als wollte er schnell von Eleanor wegkommen. „Ja, das werde ich tun."

Er wollte sich abwenden, aber sie tippte ihm auf den Arm. „Keiner von uns ist in den eigenen vier Wänden sicher, oder? Nicht mit dem Mörder auf freiem Fuß."

Alan schüttelte den Kopf und eilte dann davon,

wobei er im Vorbeigehen noch schnell einen Chocolate-Chip-Cookie mitnahm.

Eleanor wandte sich sofort an einen jungen Mann, der nun gekommen war, um sich Kaffee einzuschenken. „Ein ausgezeichneter Gottesdienst heute, nicht wahr?"

„Ja, er war gut", sagte er.

„Habe ich Sie schon einmal hier gesehen?"

Er nickte. „Meine Frau und ich kommen jede Woche."

Eleanor kicherte. „Oh, ich bin ein bisschen vergesslich." Sie wandte sich wieder zu mir, als er weg war. „Jane, nimm meinen Arm und führe mich zu den Apfelkuchenstücken hinten auf dem Tisch."

Ich tat genau das.

„Ich wollte, dass es so aussieht, als würde ich mit verschiedenen Leuten sprechen, falls die Polizei misstrauisch wäre", sagte sie, „aber natürlich wären sie das nicht. Ich habe dir ja gesagt, dass Alan mich nicht erkennen würde."

„Du hattest recht", sagte ich. „Sogar *ich* erkenne dich kaum."

„Wir müssen warten, bis einige Leute gehen, damit wir nicht auffallen."

Ich nickte. Ich warf einen Blick zu den Detektiven hinüber. Matilda war ganz in ihrer Nähe und nippte an einem Styropor-Becher Kaffee. Sie schienen ihre Anwesenheit nicht zu bemerken.

Ich konnte nicht glauben, dass es so gut lief. Trotzdem war die Perücke heiß, eng und unbequem, und ich mochte die schweren Schuhe nicht. Ich war sicher, dass ich schreckliche Blasen an den Zehen und Fersen hatte.

Es schien eine Ewigkeit zu dauern, bis jemand ging, und dann stieß ich Eleanor mit dem Ellbogen an. Sie gab mir ein Zeichen, zur Tür hinauszugehen. Wir warteten volle fünf Minuten im Auto, bevor Matilda kam. „Fahr los, Jane", sagte sie.

Das tat ich. „Hast du etwas Interessantes mitgehört?", fragte ich sie.

„Nur, dass sie wegen Alan Dale hier waren. Ich konnte erkennen, dass sie absolut ratlos sind. Sie scheinen keine Ahnung zu haben, wer es getan hat. Sie erwähnten auch Scott Simmons und Martin Marks."

„In welchem Zusammenhang?", fragte ich sie.

„Im Zusammenhang damit, dass sie anscheinend keine Ahnung haben, wer es getan hat. Was ist mit euch beiden? Ich habe gesehen, wie du mit Alan Dale gesprochen hast, Eleanor."

Eleanor wiederholte das Gespräch und schloss dann: „Aber ich dachte, er sah ziemlich erschrocken aus, als ich den Mörder erwähnte. Was meinst du, Jane?"

„Ich fand auch, dass er erschrocken aussah."

Matilda nickte. „Vielleicht hatte er Angst, weil die Detektive in der Kirche waren. Offensichtlich hätten sie ihn inzwischen befragt, und er wusste, dass sie da waren, um ihn im Auge zu behalten."

Ich war anderer Meinung. „Weißt du, ich glaube

nicht, dass es das war. Eleanor bat ihn, ein Gebetsanliegen einzureichen, dass der Mörder gefunden wird, bevor er jemand anderen ermordet, und er schien wirklich Angst zu haben."

„Angst vor dem Mörder?", fragte Matilda.

„Ja." Ich war bestürzt, dass die Polizei anscheinend keinen bestimmten Verdächtigen hatte. Es gab drei überlebende Mitglieder der Bande. Ich hatte gehofft, die Polizei hätte inzwischen mehr Fortschritte gemacht.

KAPITEL 18

„Au!", schrie ich, als Eleanor an meinen Haaren zog.

„Tut mir leid. Es braucht mehr Alkohol." Sie tupfte noch etwas Alkohol auf mein Haar. „Ich glaube, ich habe zu viel Kleber benutzt."

„Glaubst du?" Bevor ich noch mehr sagen konnte, machte Eleanor einen triumphierenden Laut und zog die Perückenkappe von meinem Kopf. „Au!", schrie ich erneut. Ich rieb eine Stelle an meinem Kopf. „Hast du dabei ein Büschel Haare mit ausgerissen?"

Eleanor versteckte die Perückenkappe hinter ihrem Rücken. „Vielleicht sind ein oder zwei Haare damit rausgekommen."

Ich stand auf und stemmte die Hände in die Hüften. „Ich werde nie wieder eine Perücke tragen."

„Du musst heute Nachmittag keine tragen", sagte Matilda.

Ich rieb vorsichtig die schmerzenden Stellen an

meinem Kopf. Meine ganze Kopfhaut fühlte sich empfindlich an. „Was meinst du mit *heute Nachmittag*? Ich wollte ein Nickerchen machen oder zumindest fernsehen oder etwas Entspannendes tun."

„Wie kannst du entspannt sein, wenn nur Billy dich beschützt?", sagte Matilda.

Ich war vorsichtig. „Was hattest du für heute Nachmittag im Sinn? Wir haben doch sicher alle Verdächtigen befragt."

Matilda stimmte bereitwillig zu. „Ja, da gibt es nichts mehr zu tun. Nein, wir müssen die Lücken füllen."

Ich war verwirrt. „Welche Lücken?"

„Der ganze Besitzerwechsel dieses Anwesens ergibt keinen Sinn", sagte Matilda.

„Für mich ergibt es Sinn", protestierte ich. „Martin Marks' Eltern besaßen es, dann erbte es Martin und verkaufte es an die Streichelzoo-Leute, die es an die Amischen, David und Arleta Habegger, verkauften, und die verkauften es an meine Schwester und ihren Mann."

„Aber das erklärt nicht, warum die erste Leiche im Tunnel landete."

„Es erklärt nicht, warum *irgendeine* der Leichen im Tunnel landete", bemerkte ich.

Matilda wedelte mit einem Finger vor mir. „Nein Jane, du verstehst meinen Punkt nicht. Ich rede von Craig Williams, dem Skelett, dem ersten Opfer. Er war Mitglied der Bankräuberbande, aber zu der Zeit, als Martin dieses Haus verkaufte, gab es keinen

Tunnel. Wie konnten Bandenmitglieder von dem Tunnel wissen?"

Ich musste zugeben, dass sie Recht hatte. „Weißt du, daran habe ich nie gedacht."

Plötzlich gab es einen fürchterlichen Tumult. Mr. Crumbles warf sich gegen das Wohnzimmerfenster. All seine Haare standen zu Berge, und er war außer sich vor Wut.

Eleanor eilte herbei, um die Vorhänge zu schließen. „Oh je. Ich hatte keine Ahnung, dass Mr. Crumbles so eine schlimme Ziegenphobie hat."

„So etwas wie Ziegenphobie gibt es nicht. Du hast dir das Wort ausgedacht, Eleanor!", sagte Matilda verärgert.

Eleanor zeigte auf die Katze. „Versuch das mal Mr. Crumbles zu erklären."

Ich rieb mir die Stirn etwas zu fest und zuckte dann zusammen. Diese wunden Stellen würden noch lange anhalten. „Also, wir werden die Streichelzoo-Leute befragen. Was genau wollen wir sie fragen?"

„Das wird viel einfacher", sagte Eleanor. „Wir müssen keine Verkleidung tragen oder so tun, als wären wir andere Leute. Wir können ihnen die Wahrheit sagen."

„Und was genau werden wir sie fragen?", beharrte ich.

Matilda zuckte mit den Schultern. „Wir werden einfach den Zeitablauf klären und sehen, ob sie mit Martin Marks in Kontakt geblieben sind. Wer weiß, welche Informationen sie haben werden?"

Ich stand auf. „Na gut, dann ziehe ich meine normalen Klamotten an und wasche mir das Make-up vom Gesicht, und dann lasst uns jetzt dorthin fahren." Ich verschränkte die Arme vor der Brust. „Aber das ist absolut der letzte Ort, den ich heute aufsuche. Egal was passiert, ihr müsst mir euer Wort geben, dass ich, wenn ich heute nach Hause komme, das Haus nicht mehr verlassen muss."

Matilda und Eleanor sahen nicht sehr glücklich aus, stimmten aber beide zu, dass ich das Haus nach dem nächsten Erkundungsgang nicht mehr verlassen müsste.

Es dauerte eine Weile, bis wir Mr. Crumbles in die Küche gelockt und ihn dort mit Leckereien eingeschlossen hatten. Dann gingen wir zum Auto, während wir Heubündel vor uns hielten. Billy lief neben uns her und schnappte Heuhalme aus unseren Händen. Ich war mir sicher, in seinen großen gelben Augen zu sehen, dass er sich halb wünschte, es gäbe kein Heu, damit er uns mit seinen langen, gebogenen Hörnern stoßen könnte.

Mit Erleichterung schloss ich wieder das Tor hinter mir und ließ einen nun wütenden und heulosen Billy zurück, der uns von innen böse Blicke zuwarf.

„Sind diese Streichelzoo-Leute jetzt eigentlich in Rente oder was?", fragte ich.

Matilda schüttelte den Kopf. „Im Gegenteil, sie haben immer noch einen Streichelzoo und ein Restaurant."

„Ich frage mich, warum sie diesen Ort dann verkauft haben? Sind sie jetzt näher an der Stadt?"

Eleanor konsultierte ihre Karte. „Nein, überhaupt nicht."

Mit Eleanor als Navigatorin fand ich bald den Weg zum Streichelzoo. „Oh, jetzt kann ich sehen, warum sie verkauft haben. Das hier ist ein viel größerer Ort als mein Haus", sagte ich. Es gab ausgedehnte Parkplätze hinter und neben einem riesigen Ziegelgebäude. Es schien ein beachtliches Restaurant zu sein, und tatsächlich prangte *Streichelzoo Familienrestaurant* in großen, blockartigen roten Buchstaben über dem Eingang.

„Lasst uns erst zu Mittag essen und uns einen Überblick verschaffen", sagte Eleanor.

„Ehrlich, Eleanor, das sind keine Verdächtigen."

„Woher willst du das wissen, Jane?", sagte Eleanor. „Jeder ist verdächtig. Außerdem verhungere ich", fügte sie lahm hinzu.

„Ich habe auch Hunger", sagte ich. „Mit den stundenlangen Kopfschmerzen von dieser schrecklichen Perücke hatte ich gar nicht gemerkt, dass wir nichts gegessen haben. Wir haben das Mittagessen vergessen."

„Dann lasst uns jetzt Mittag essen", sagte Matilda resigniert.

Wir betraten das Gebäude, wo das große Schild ankündigte, dass wir die Tiere für einen Dollar streicheln und für etwas mehr ein Päckchen Luzernepellets kaufen konnten.

„Das wäre eine gute Idee", sagte Eleanor. „Jane, du könntest bei dir einen Streichelzoo einrichten und einen Dollar Eintritt verlangen."

„Auf keinen Fall!", sagte ich, etwas entschiedener als beabsichtigt.

Eleanors Gesicht fiel. Das Restaurant war voll, aber Matilda entdeckte bald einen freien Tisch und führte uns dorthin. Wir nahmen uns etwas Zeit, um die Speisekarten zu studieren. „Alles sieht gut aus", sagte ich. „Ich kann mich nicht entscheiden. Was nehmt ihr beide?"

„Ich denke, ich nehme die gegrillte Hähnchenbrust mit Zwiebeln, Salat und Tomate", sagte Eleanor.

„Ich bestelle den langsam gebratenen Rinderbraten in Soße mit Kartoffelpüree und Pommes frites." Matilda tippte mit dem Finger auf die Speisekarte. „Hier steht Kartoffelpüree *oder* Pommes, aber ich frage nach beidem."

Ich biss mir auf die Lippe und studierte die Karte noch etwas länger. „Ich nehme den hausgemachten Thunfischsalat mit Ei, Käse und Pommes. Zumindest habe ich dann kein so schlechtes Gewissen, wenn ich Tomaten und Grünzeug esse. Ich bin absolut am Verhungern."

Eine Kellnerin erschien an unserem Tisch und nahm unsere Bestellung auf. „Möchten Sie etwas zu trinken, während Sie warten?", fragte sie zum Schluss.

Wir bestellten alle Kaffee. Als die Kellnerin weg

war, fragte ich die beiden: „Wann sprechen wir mit den Besitzern?"

„Nach dem Mittagessen", sagte Matilda.

„Und wir zahlen vorher den Dollar und gehen in den Streichelzoo", fügte Eleanor hinzu.

Matilda nickte.

„Warum machen wir das zuerst?", fragte ich sie.

„Erkundung", sagte Eleanor. „Es ist eine gute Idee, sich bei der ersten Gelegenheit einen Überblick über die Umgebung zu verschaffen."

„Okay." Ich war erleichtert, als der Kaffee kam. Er linderte meinen Hunger ein wenig, aber ich war überrascht, wie schnell die Mahlzeiten serviert wurden, obwohl es so voll war. Vielleicht waren wir genau zum richtigen Zeitpunkt gekommen, als alle anderen schon bedient worden waren.

„Oh, das ist so gut", sagte ich, nachdem ich ein paar Bissen gegessen hatte.

Matilda legte ihre Gabel für einen Moment beiseite. „Wir sollten öfter hierherkommen."

Ich stimmte ihr zu. „Auf jeden Fall. Das Essen ist gut und sehr preiswert, und es ist nicht zu weit von uns entfernt. Außerdem hat man einen schönen Blick über die Felder."

Nachdem wir zum Nachtisch etwas AP-Kuchen gegessen hatten, schlug Eleanor vor, wir sollten noch ein Eis essen, aber Matilda und ich sagten, dass wir keinen Bissen mehr hinunterbekämen. „Wir holen uns ein Eis, nachdem wir mit den Besitzern gesprochen haben", sagte ich zu Eleanor. Sie schien mit meiner Antwort zufrieden zu sein.

Wir gingen zum Streichelzoo und zahlten dem Aufseher jeweils einen Dollar.

„Schau, da sind Alpakas", sagte Eleanor. „Jane, wolltest du nicht ein Alpaka haben?"

„Nein, ich wollte auf keinen Fall ein Alpaka", sagte ich ihr, „so niedlich sie auch sind."

Eleanor schlug sich mit der Hand an die Stirn. „Ach, wie dumm von mir! Du wolltest ein Pferd."

Ich war überrascht. „Du hast recht! Ich *möchte* ein Pferd. Wie konnte ich das nur vergessen? Es ist so viel passiert."

Matilda zeigte auf die Ziegen. „Da sind Ziegen, aber sie sehen nicht wie unsere Ziegen aus, Eleanor."

„Nein, sie haben keine Hörner", sagte Eleanor. „Ich nehme an, das macht es für Kinder sicherer, sie zu streicheln."

Ich ließ meinen Blick über die Umgebung schweifen. Alle Tiere wurden offensichtlich gut versorgt. Es gab Kühe in einem Feld für sich, und dann ein Feld mit Schafen und Alpakas zusammen. Die Ziegen waren in einem eigenen Feld, aber überall herum und frei umherlaufend waren Truthähne, Gänse und Pfauen.

Matilda tippte mir auf den Arm und zeigte auf einen Pfau, der sein Rad schlug und vor einer Pfauenhenne Kreise zog, die überhaupt nicht an ihm interessiert zu sein schien.

Nach einer Weile gingen wir zurück zum

Aufseher. „Sind Sean und Chloe Barden hier?", fragte Matilda. „Wir würden gerne mit ihnen sprechen."

Die Aufseherin verengte ihre Augen. „Haben Sie eine Beschwerde? Kann ich Ihnen irgendwie helfen?"

Ich schüttelte den Kopf. „Mein Name ist Jane Delight. Sean und Chloe besaßen früher mein Haus. Ich wollte nur einige Informationen von ihnen über mein Haus. Es gibt ein paar Unregelmäßigkeiten, bei denen sie mir helfen könnten."

Das Gesicht der Aufseherin entspannte sich. „Ja, natürlich." Sie rief eine Kellnerin herbei und erklärte, dass wir mit den Besitzern sprechen wollten. Die Kellnerin bedeutete uns, ihr zu einem Büro zu folgen.

Das Büro war an der Seite dessen angebaut, was das Haus der Bardens zu sein schien. Es ragte wie ein Fremdkörper hervor und war aus Glas und Metall, während das Haus gemütlich und aus Backstein war. Ein völlig überfordert wirkender Mann saß in einem kleinen, überfüllten Raum über eine Tastatur gebeugt und tippte auf den Tasten herum. Ein riesiger Stapel Papierkram stand direkt zu seiner Rechten. Von einer Frau war nichts zu sehen. Er blickte überrascht auf, als er uns sah.

Die Kellnerin sprach ihn an. „Diese Dame besitzt ein Haus, das Ihnen früher gehörte." Damit ging sie.

Ich schenkte ihm mein breitestes Lächeln. „Ich bin Jane Delight, und das sind meine Mitbewohnerinnen, Matilda und Eleanor Entwistle. Ich besitze das Haus, unter dem sich ein Tunnel befindet."

Ein Ausdruck des Erkennens huschte über sein Gesicht. Er stand auf und kam herüber, um uns die Hand zu schütteln.

„Sie haben vielleicht gehört, dass kürzlich zwei Leichen unter meinem Haus gefunden wurden."

Er nickte heftig. „Ja, in den Nachrichten wurde die Adresse nicht erwähnt, aber zwei Detektive kamen, um uns zu befragen."

„Tatsächlich? Nun, deswegen sind wir hier. Wir wollten den zeitlichen Ablauf verstehen", erklärte ich ihm.

„Den zeitlichen Ablauf?", wiederholte er.

Ich nickte. „Wie Sie wissen, gibt es zwei Häuser auf dem Bauernhof, mein Haus mit fünf Hektar und das angrenzende Haus auf dem größeren Hof." Er nickte. Ich fuhr fort: „Meine Schwester, Rebecca Yoder, und ihr Mann Ephraim leben im Haupthaus, und sie haben mir das Haus auf den fünf Hektar verkauft. Das ist das mit dem Tunnel darunter."

Matilda unterbrach mich. „Rebecca und Ephraim haben es von einem Amisch-Ehepaar gekauft, David und Arleta Habegger. Janes Schwester war irrtümlich der Meinung, dass das Amisch-Paar das Haus gebaut hätte, aber offenbar haben sie es von Ihnen gekauft?"

Sean nickte. „Das stimmt. Sehr nettes Paar. Sie waren ein bisschen bestürzt, dass sie die ganze Elektrizität entfernen mussten." Er lachte.

Matilda bohrte weiter. „Aber haben Sie es nicht von Martin Marks gekauft?"

„Ja, das stimmt. Wir hatten keine Ahnung, dass er

ein berüchtigter Bankräuber war. Oder vielmehr war er ein Bankräuber, aber niemand wusste das, am allerwenigsten wir, als wir es von ihm kauften."

Eine Dame betrat den Raum. „Ich dachte, ich hätte Stimmen gehört", sagte sie. Sean stellte sie als seine Frau Chloe vor und erklärte ihr, warum wir hier waren.

„Und wir waren gerade in Ihrem Streichelzoo und haben in Ihrem Restaurant sehr lecker zu Mittag gegessen", erzählte Matilda ihr. „Wir haben beschlossen, regelmäßig hierher zu kommen, da Ihr Essen so gut ist."

Chloe strahlte über das ganze Gesicht. „Es ist schön, so nettes Feedback zu hören."

„Nun, wir versuchten gerade, die Zeitlinie richtig zu verstehen", sagte ich. „Sie haben das Anwesen von Martin Marks gekauft?"

Beide nickten.

„Und Sie haben das Haus in ein Café umgewandelt und einen Tunnel darunter gebaut?"

Chloe lachte. „Ja, das mag Ihnen jetzt seltsam erscheinen, wo es wieder in ein Haus zurückverwandelt wurde."

„Der große Raum mit dem Tunnel darunter", sagte ich. „Wofür haben Sie den benutzt?"

„Wir haben diesen Raum wie ein Piratenschiff gestaltet", erklärte Chloe. „Der Raum unter dem Boden war eine Piratengrotte, und wir besaßen das Feld nebenan, in das der Tunnel mündete."

Ihr Mann übernahm die Erklärung. „Als wir alles

verkauften, verkauften wir Ihr Haus auf fünf Hektar und die Farm nebenan an das Amisch-Paar, aber wir verkauften das Feld, wo der Tunnel herauskommt, an einen Botaniker. Er war Professor."

„Jemand besitzt dieses Land?", fragte ich überrascht. „Ich dachte, es wäre Wald."

Chloe schüttelte den Kopf. „Ich weiß, dass der Mann, der es kaufte, wollte, dass es Waldgebiet bleibt. Er war Wissenschaftler, verstehen Sie", fügte sie hinzu, als ob das alles erklären würde.

Eleanor sprach zum ersten Mal. „Das erste Opfer war Craig Williams, der, wie Sie zweifellos wissen, mit Martin Marks in der Johnson-Bande war. Er wurde unter den Dielen gefunden, wo einst Ihr Piratenschiff gewesen wäre. Wusste Martin Marks, dass es dort einen Tunnel gab? Hat er Sie jemals besucht, nachdem Sie den Streichelzoo eröffnet hatten?"

„Oh ja", sagte Sean. „Als wir den Ort von ihm kauften, erzählten wir ihm von unseren Plänen. Er schien interessiert und bat uns, ihm Bescheid zu geben, wenn es gebaut wäre. Das taten wir dann auch."

„Und kam er vorbei, um es sich anzusehen?", fragte ich sie.

„Ja, tatsächlich tat er das. Er machte sogar ein Angebot, es zurückzukaufen, aber wir lehnten natürlich ab. Wir hatten gerade eine beträchtliche Summe in die Renovierung gesteckt. Er sah sich die Tunnel und alles gründlich an."

„Ich verstehe", sagte Eleanor.

„Wir sind Ihnen wahrscheinlich keine große Hilfe", fügte Chloe hinzu.

„Nein, Sie waren uns eine wunderbare Hilfe", sagte Matilda. „Vielen Dank für die Informationen. Und jetzt müssen wir Eleanor ein Eis holen."

Eleanor klatschte vor Freude in die Hände.

Während Eleanor eine Eissorte auswählte, wandte ich mich an Matilda. „Das lässt meinen Kopf schwirren. Welche Schlüsse hast du gezogen?"

Matilda kam direkt auf den Punkt. „Martin Marks wusste, dass es einen Tunnel und eine Grotte gab. Das wäre ein idealer Ort gewesen, um das Geld aus dem Banküberfall zu verstecken."

„Und eine oder zwei Leichen", fügte ich hinzu.

KAPITEL 19

Am nächsten Morgen wachte ich kurz vor Sonnenaufgang auf und gähnte und streckte mich. Ich hatte wieder eine friedliche Nacht verbracht. Vielleicht wollte der Eindringling von neulich nicht nachts zurückkommen oder wartete, bis sich die Lage beruhigt hatte. Ich vermutete, dass derjenige dachte, die Polizei würde das Anwesen genau im Auge behalten.

Ich war etwas früher wach als sonst, also schlich ich mich leise nach unten, um Kaffee zu kochen.

Als die Sonne aufging und rosa-goldene Strahlen durch die Spitzengardinen am Küchenfenster warf, hörte ich das Geräusch einer Kutsche.

„Billy!", rief ich aus. Ich öffnete die Tür, schnappte mir eine Handvoll Heu und sprintete zur Kutsche. Es war Wanda. „Hallo, Wanda. Hast du einen Ziegenbock gesehen?"

Wanda sah überrascht aus. „Einen Ziegenbock? *Nee*, vermisst du einen Ziegenbock?"

Ich schüttelte den Kopf. „Nein, Billy ist Eleanors gefährlicher Ziegenbock. Wir haben ihn auf diesem Feld freigelassen, damit er Eindringlinge angreifen kann. Hast du ihn nicht gesehen, als du das Tor geöffnet hast?"

„*Nee*, vielleicht hatte er Angst vor dem Pferd." Wandas großer schwarzer Saddlebred schnaubte und scharrte mit dem Huf.

„Vielleicht. Oh, da ist er ja." Billy lugte um die Ecke des Gebäudes. Er kam nicht für das Heu angelaufen. Das war gut – vielleicht *hatte* er tatsächlich Angst vor dem Pferd.

„Ist es sicher für mich, aus der Kutsche zu steigen und mein Pferd anzubinden?", fragte mich Wanda.

„Es scheint so", sagte ich. Ich behielt Billy im Auge, bis wir die Haustür erreichten. „Geh du schon mal rein, ich bringe das Heu zurück in die Werkzeugkiste."

Wanda tat, worum ich sie gebeten hatte. Eleanor und Matilda warteten am Fuß der Treppe. „Wir haben dein Handy piepsen gehört, Jane", sagte Matilda. „Wir wussten, dass jemand hier ist." Sie wedelte mit dem Handy vor mir.

„Mein Handy!", sagte ich. „Ich habe es in meinem Schlafzimmer liegen lassen."

„Wie bist du an Billy vorbei hier reingekommen?", fragte Eleanor Wanda.

„Billy scheint Angst vor Wandas Kutschpferd zu

haben", sagte ich. „Er lugte um die Hausecke, kam aber nicht zu uns herüber."

„Und du hast ihn nicht gesehen, als du das Tor geöffnet und geschlossen hast?"

Wanda schüttelte den Kopf. „*Nee*, ich hab keinen Ziegenbock gesehen, abgesehen von denen auf dem Feld, meine ich."

„Komm und frühstücke mit uns", sagte Matilda. „Ich mag *Kaffi*-Suppe jetzt sehr gerne. Ich kann dir welche machen."

Wanda eilte uns voraus in die Küche. Ich sagte ihr, sie solle sich setzen, und lehnte ihr Hilfsangebot ab. Ich schenkte uns allen etwas Kaffee ein, während Eleanor Wanda etwas Kaffeesuppe machte.

„Und möchtest du Würstchen und Speck? Vielleicht Scrapple?"

„*Denki*", sagte Wanda. „Ich nehme an, ihr fragt euch, warum ich hier bin."

„Was?", sagte Matilda mit gespieltem Entsetzen. „Du meinst, du bist nicht wegen meiner brillanten *Kaffi*-Suppe hier?"

Wanda kicherte. „Eigentlich hat Waneta einige Neuigkeiten."

Ich war ganz Ohr. „Was für Neuigkeiten?"

„Anscheinend dachten alle, die Männer seien mit Äxten getötet worden."

„Sie hatten Äxte, die aus ihren Köpfen ragten", sagte Eleanor. „Meinst du, es wurde noch eine andere Methode angewandt?"

Wanda nickte langsam. „Waneta sagte, die

toxikologischen Berichte sind zurück, und das zweite Opfer hatte Hydrocodon-Bitartrat in seinem System."

„Was ist das?", fragte ich. „Davon habe ich noch nie gehört."

„Ich schon", sagte Matilda. „Ist das nicht eine Art Opiat, das bei starken Schmerzen eingesetzt wird?"

„Genau", sagte Wanda, „zumindest laut Waneta."

Ich war verwirrt. „Aber nahm er es auf Rezept, oder wurde es ihm gegeben, um ihn zu töten?"

Wanda schluckte ihren Bissen kaffegetränktes Brot hinunter, bevor sie sprach. „Waneta sagte, das Opfer hatte sehr hohe Werte in seinem System, zu hoch, um es aus gesundheitlichen Gründen einzunehmen. Außerdem hatte er Alkohol im Blut, und es ist sehr gefährlich, Hydrocodon-Bitartrat gleichzeitig mit Alkohol einzunehmen."

Ich drehte meine Kaffeetasse, während ich nachdachte. „Heißt das dann, dass jemand versucht hat, ihn mit einer Kombination aus Hydrocodon-Bitartrat und Alkohol zu töten, und als das nicht funktionierte, aufgab und dachte, er könnte ihn mit einer Axt erledigen? Eine direktere Methode, sozusagen."

Wanda zuckte mit den Schultern. „Waneta hat nichts dazu gesagt. Sie sagte nur, dass er sehr hohe Werte von Hydrocodon-Bitartrat sowie Alkohol in seinem System hatte, und dass es kontraindiziert für Alkohol ist."

„Das ist sehr nützlich, wirklich sehr nützlich", sagte Eleanor.

Matilda stimmte zu. „Wenn ich mich recht erinnere, kann Hydrocodon-Bitartrat in großen Dosen Schwindel verursachen."

„Ja, das stimmt", sagte Wanda. „Waneta hat so etwas in der Art gesagt."

„Ich schaue mal kurz auf Janes Handy nach", sagte Matilda. Kurz darauf fügte sie hinzu: „Die Nebenwirkungen sind tatsächlich Schwindel, sowie Übelkeit, Erbrechen, Benommenheit und Schläfrigkeit, und in großen Dosen verursacht es starke Schläfrigkeit, Schwierigkeiten beim Aufwachen, Stimmungsschwankungen und Atembeschwerden."

Eleanor nahm Mr. Crumbles hoch und setzte ihn auf ihren Schoß. „Also scheint es, dass der Mörder ihm ein mit Alkohol versetztes Getränk gegeben hat, um ihn zu töten."

Wanda legte ihren Löffel mit einem Knall ab. „Oh, wie dumm von mir! Das war das Wichtigste, was Waneta euch allen mitteilen wollte. Es war keine tödliche Dosis."

„Du meinst, er hatte nicht genug Hydrocodon-Bitartrat in seinem System, um ihn zu töten?", fragte ich sie.

„*Jah*, genau."

„Nicht einmal mit dem zusätzlichen Alkohol?"

Wanda nickte. „*Jah*. Es war nicht genug, um ihn zu töten, nur genug, um ihn sehr krank zu machen."

„Wisst ihr, was das bedeutet?", fragte Matilda. Wir schauten sie alle an und sie fügte schnell hinzu: „Oder was es bedeuten könnte."

Ich dachte darüber nach. „Das könnte bedeuten, dass der Mörder Todd eine Axt in den Kopf rammen wollte, ihn aber vorher schwächen musste, um das zu tun. Ich habe das Opfer nicht gut gesehen, nur dass er ein großer, kräftiger Mann zu sein schien. Das lässt mich vermuten, dass der Mörder ihm körperlich nicht gewachsen war und ihn deshalb zuerst mit Hydrocodon-Bitartrat und Alkohol schwächen wollte. So konnte der Mörder dann den tödlichen Schlag ausführen."

„Ja, das klingt für mich auf jeden Fall richtig", sagte Eleanor.

„Und wie würde man an dieses Hydrocodon-Bitartrat kommen?", fragte ich sie.

„Waneta sagte, es wird bei mäßigen bis starken Schmerzen verschrieben", erklärte Wanda.

„Aber einer der Bankräuber könnte sich das kaum verschreiben lassen und dann jemanden damit ermorden", sagte ich. „Das wäre viel zu offensichtlich."

„Aber der Mörder hat nicht erwartet, dass die Leiche so schnell gefunden wird", warf Matilda ein.

Mir gefiel das nicht, und ich sagte es auch. „Ich glaube nicht, dass jemand ein solches Risiko eingehen würde. Vielleicht hat der Mörder einen Verwandten, dem Hydrocodon-Bitartrat verschrieben wurde."

Eleanor stimmte mir zu. „Ja, deine Idee gefällt mir, Jane."

Wir alle verstummten, während wir den Rest des Scrapple aßen.

Nachdem wir mit dem Frühstück fertig waren, sagte Wanda, sie müsse zurück. Ich begleitete sie zur Haustür und ließ sie hinaus. Mr. Crumbles war ruhig, was bedeutete, dass Billy nicht in der Nähe des Hauses war. Ich brachte Wanda zu ihrer Kutsche und behielt Billy im Auge, während sie das Hoftor öffnete und dann wieder schloss.

Als Wanda sicher auf dem Weg nach Hause war, ging ich zurück in die Küche. Matilda und Eleanor steckten die Köpfe zusammen und unterhielten sich. Sie schauten auf, als ich den Raum betrat. „Das ist ein wichtiger Hinweis", sagte Matilda. „Der Mörder musste Zugang zu Hydrocodon-Bitartrat haben."

„Deshalb ist es so ein großer Hinweis", fügte Eleanor hinzu.

Matilda ignorierte sie. „Warum gab der Mörder dem Opfer Hydrocodon-Bitartrat und Alkohol, was offensichtlich dazu gedacht war, ihn zu schwächen, aber nicht zu töten? Hier ist der Grund: Der Mörder wollte eine Axt im Kopf des Opfers haben."

„Genau wie beim ersten Opfer", sagte ich. „Es scheint, der Mörder wollte, dass beide Opfer durch eine Axt sterben."

„Und wenn wir wüssten warum, dann wären wir dem Mörder schon einen großen Schritt näher", sagte Matilda.

Ich goss mir noch eine Tasse Kaffee ein. Als ich sie ausgetrunken hatte und voll koffeiniert war, kam mir etwas in den Sinn. „Was, wenn es zwei Mörder waren?"

Matilda und Eleanor klappten die Kinnladen herunter. „*Zwei* Mörder?", fragte Matilda.

„Was meinst du damit?", fragte Eleanor. „Worauf willst du hinaus, Jane?"

„Ich weiß nicht, ob ich auf etwas Bestimmtes hinaus will", gab ich zu, „aber denkt mal darüber nach. Wir sind davon ausgegangen, dass es einen Mörder gab, weil die Opfer am selben Ort waren und auf die gleiche Weise getötet wurden."

„Eine vernünftige Annahme", sagte Matilda, „aber jetzt denkst du anders darüber, Jane?"

Ich nickte langsam. „Anfangs dachte ich, es wäre ein Mörder, aber jetzt, wo dieses Hydrocodon-Bitartrat gemischt mit Alkohol im zweiten Opfer gefunden wurde, frage ich mich, ob es dazu diente, ihn zu schwächen, damit der Mörder ihn mit der Axt angreifen konnte. Die Tatsache, dass die Leiche am selben Ort wie das erste Opfer war..."

Eleanor unterbrach mich. „Das könnte einfach daran gelegen haben, dass es ein guter Ort war, um eine Leiche zu verstecken."

Ich stimmte ihr zu. „Ja, durchaus möglich. Aber was, wenn es das nicht war?"

„Bitte sei nicht so geheimnisvoll", sagte Matilda. „Komm auf den Punkt und sag uns, was du denkst, auch wenn es dir albern vorkommt."

„Was, wenn das zweite Opfer das erste Opfer ermordet hatte und das zweite Opfer als Racheakt getötet wurde?"

Matilda nickte heftig. „Du denkst also, Opfer

zwei, Todd Johnson, hat Craig Williams ermordet? Und ein anderer Mörder hat Todd Johnson aus Rache für den Mord an Craig Williams getötet?"

Ich nickte. „Genau das denke ich. Es mag weit hergeholt sein, aber ich glaube, es ist durchaus eine Möglichkeit."

Matilda und Eleanor sahen sich an und nickten. „Es ist auf jeden Fall eine Möglichkeit", sagte Matilda. „Wenn wir in diese Richtung ermitteln, müssen wir jemanden finden, der Craig Williams mochte genug, um seinen Tod zu rächen, und es müsste auch jemand sein, der Zugang zu Hydrocodon-Bitartrat hatte."

„Und jemand, der körperlich nicht stark genug war, um Todd Johnson zu überwältigen und ihn mit einer Axt zu töten", fügte Eleanor hinzu.

„Wer könnte das dann sein?", fragte ich. „Die anderen Bandenmitglieder sehen nicht besonders stark aus. Ich meine, Scott Simmons und Alan Dale sehen nicht besonders stark aus. Allerdings sieht Martin Marks so aus, als ob er Todd Johnson hätte überwältigen können."

„Und er wusste von der alten Piratengrotte unter deinen Dielen, Jane", sagte Matilda.

Eleanor fügte hinzu: „Und er hinkte und hielt sich immer wieder das Bein. Was, wenn er ein Rezept für Hydrocodon-Bitartrat hat?"

Ich nickte Eleanor zu. „Aber wenn Todd Johnson tatsächlich Craig Williams umgebracht hat, warum sollte er dann zum Tatort zurückkehren und dort selbst ermordet werden?"

„Ja, das müssen wir auch noch herausfinden", sagte Matilda. „Und warum sollte Martin Marks ein Medikament, das ihm selbst verschrieben wurde, bei einem Mordopfer einsetzen? Das ist viel zu offensichtlich."

Während Matilda und Eleanor die Angelegenheit weiter diskutierten, war ich verzweifelt. Ich hatte das Gefühl, dass wir der Lösung dieses Mordes ferner waren als zu Beginn.

KAPITEL 20

Ich saß allein zu Hause – das heißt, wenn man Mr. Crumbles nicht mitzählt. Der kleine Kater hatte sich in einen ziemlichen Zustand versetzt und rannte von Fenster zu Fenster, um nach irgendeinem Anzeichen von Billy Ausschau zu halten.

Zum ersten Mal seit Ewigkeiten war ich allein mit meinen Gedanken. Ich dachte über das Hydrocodon-Bitartrat nach. Hatte der Mörder einfach einen Fehler gemacht und die Dosis falsch berechnet? Nein, je mehr ich darüber nachdachte, desto mehr kam ich zu dem Schluss, dass der Mörder tatsächlich eine Axt in den Kopf des Opfers einschlagen wollte. Der Schlüssel lag darin, dass das zweite Opfer auf genau die gleiche Weise ermordet wurde wie das erste.

Zuerst hatte ich gedacht, es sei derselbe Mörder gewesen, aber jetzt glaubte ich das überhaupt nicht mehr. Das Hydrocodon-Bitartrat mit Alkohol könnte dazu gedient haben, den Mann zu schwächen, damit er mit der Axt getötet werden konnte.

Der Mörder musste ihn irgendwie in den Piratenhain unter meinen Dielen locken. Ich hatte einen Verdächtigen im Sinn, brauchte aber noch mehr Informationen.

Ich lief mehrere Minuten lang in meinem Wohnzimmer auf und ab und beschloss dann, noch einmal zu Donna Dales Laden zu gehen. Ich brauchte tatsächlich neue Vorhänge. Die am anderen Ende des Wohnzimmers waren alt, vergilbte Spitze und fleckig. Ich vermute, sie hingen schon seit Jahren dort. Um für Privatsphäre zu sorgen und als vorübergehende Maßnahme hatten Matilda und Eleanor die Fenster mit bunten, mehrfarbigen Decken verhängt, die sie während eines ihrer Besuche in Indien vor vielen Jahren gekauft hatten. Die Pailletten reflektierten das Licht und zogen jedes Mal meinen Blick auf sich, wenn ich den Raum betrat. Als Migräne-Patientin war das keine gute Sache.

Ich schnappte mir mein Maßband und maß die Fenster aus. Normalerweise hätte ich fertige Vorhänge gekauft, aber ich brauchte einen weiteren Vorwand, um Donna Dale zu besuchen. Wenn sich meine Vermutung als richtig erweisen sollte, wäre es das zusätzliche Geld wert.

Sobald dieser Mord aufgeklärt wäre, könnte ich wieder frei vor meinem eigenen Haus spazieren gehen und müsste mir keine Sorgen mehr machen, dass Billys Hörner hinter mir her wären.

Matilda und Eleanor waren bei ihrer wöchentlichen Zumba-Stunde und gingen danach normalerweise mit den anderen Teilnehmern in ein Café. Ich hinterließ ihnen eine Nachricht, falls ich mich verspäten sollte. Ich versuchte, Mr. Crumbles mit Leckereien in die Küche zu locken, aber heute war er zu widerspenstig. Ich hatte keine Hoffnung, ihn zu fangen. Es dauerte eine Weile, bis ich aus der Tür kam, ohne ihn aus dem Haus zu lassen.

Sobald ich draußen war, griff ich so schnell wie möglich in die Werkzeugkiste und nahm eine Handvoll Heu. Ich war es so leid, das zu tun. Ich konnte es kaum erwarten, dass die Polizei den Mörder festnahm, damit ich dann nach draußen gehen und auf meiner Veranda sitzen, Kaffee oder Wiesentee trinken und es mir gutgehen lassen konnte.

Ich war auf halbem Weg zum Tor, als mich ein ungutes Gefühl beschlich. Ich drehte mich um, das Heu ausgestreckt. Billy war plötzlich hinter mir aufgetaucht. Er fixierte mich mit seinen großen gelben Augen.

„Braver Billy, braver Billy", sagte ich in beruhigendem Ton, obwohl der Ziegenbock alles andere als brav aussah. Ich hielt ihm das Heu hin. Billy eilte herbei und schnappte sich etwas Heu aus meiner Hand. Ich wurde langsam besser darin, das Heu festzuhalten, obwohl ich überall rote Abdrücke auf meiner Handfläche hatte.

Ich hielt das Heu zur Seite und ging so schnell wie möglich zum Tor, während Billy neben mir hertrottete. Zumindest wirkte er diesmal weniger bedrohlich und hatte seit vollen fünf Stunden nicht mehr in bedrohlicher Manier den Kopf gegen mich gesenkt.

Ich schlüpfte durch das Tor und warf dann den Rest des Heus für Billy auf den Boden. Er hob nicht einmal den Kopf, um mich anzustarren. „Ich kann es kaum erwarten, bis du wieder auf der Weide bei deinen Ziegenfreunden bist", sagte ich zu ihm.

Ich fuhr direkt zu Donna Dales Laden.

Als ich eintrat, war wieder niemand zu sehen, aber sie kam bald aus dem Hinterzimmer. Ihr Gesicht hellte sich auf, als sie mich sah. „Oh, hallo. Genevieve, nicht wahr?"

Sie schien sich aufrichtig zu freuen, mich zu sehen.

„Ja, ich habe einige Maße für Vorhänge mitgebracht", sagte ich. „Wie wir neulich schon besprochen haben, renoviere ich mein Haus. Ich stehe erst am Anfang der Renovierung, also muss ich auf das Budget achten."

„Das ist sehr klug", sagte sie. „Renovierungen dauern typischerweise doppelt so lange wie man denkt und kosten doppelt so viel wie man annimmt."

Ich lachte. „Ich fürchte, ich finde das gerade auf die harte Tour heraus." Ich zog das Blatt mit den Maßen hervor und zeigte es ihr. „Das sind die Maße des Fensters, und ich habe ein Foto auf meinem Handy."

Ich holte mein Handy aus meiner Handtasche

und zeigte ihr Fotos von meinem Hausinneren. Während sie die Fotos betrachtete, beobachtete ich ihr Gesicht auf jegliches Anzeichen von Wiedererkennen, aber ihr Ausdruck blieb unbewegt. Entweder war sie eine sehr gute Schauspielerin, oder sie war nicht der Eindringling in meinem Haus gewesen. Ich begann zu glauben, dass ich mit meinem Verdacht bezüglich der Identität des Mörders richtig lag.

„Welchen Stoff haben Sie im Sinn?", fragte sie. „Welche Farben haben Sie jetzt dort? Abgesehen von denen, die ich auf Ihrem Handy gesehen habe, natürlich."

Ich konnte nicht anders als zu kichern. „Nun, meine Freundinnen, äh, Suzanne und Cathy, beschlossen, mir bei der Dekoration zu helfen. Sie verwendeten leuchtende Rottöne und Lila und allerlei seltsame Dinge. Obwohl ich für die Hilfe dankbar bin, ist das überhaupt nicht mein Geschmack."

„Was ist denn Ihr Geschmack?"

Ich zuckte mit den Schultern. „Gemütlich, eigentlich. Ich mag es, Bilder der englischen Landschaft mit hübschen rosa und weißen Teetassen zu betrachten oder auch Herbsttöne. Ich würde sagen, mein Stil ist gemütlich."

Sie nickte. „Kommen Sie und schauen Sie sich mein Musterbuch an."

Im nächsten Raum zeigte sie mir ein Muster mit einem entzückenden Rosenmuster auf cremefarbenem Hintergrund, aber mit einem zeitgenössischen Twist, und schlug dann vor, dass ich ihr Musterbuch durchsehen sollte.

„Haben Sie etwas darin gesehen, das Ihnen gefallen hat?", fragte sie nach ein paar Minuten.

„Ja, das habe ich", sagte ich. „Mir war nicht klar, dass ich so viel Auswahl haben würde."

„Ich habe noch mehr Muster. Kommen Sie und schauen Sie selbst."

Donna führte mich um die Ecke in einen Teil des Ladens, den ich vorher noch nicht gesehen hatte. „Hier ist es eher im Cottage-Stil, aber es ist eine Art Mischung aus Cottage- und Hamptons-Stil", erklärte sie. Sie zeigte auf das Vorhangsample am falschen Fenster hinter ihr.

Ich klatschte entzückt in die Hände. „Oh ja, das sieht wunderbar aus. Das ist genau mein Stil. Ich hätte gerne genau solche Vorhänge." Der Stoff war entzückend, aber ich überlegte, wie ich das Gespräch auf den Mord lenken könnte.

„Kommen Sie mit zum Schreibtisch, ich mache Ihnen ein paar Preisvorschläge."

Donna deutete mir, mich an einen Schreibtisch ihr gegenüber zu setzen, und sie holte einen Notizblock und einen Taschenrechner hervor.

„War die Polizei nochmal hier?", fragte ich sie.

Sie sah zu mir auf und lächelte. „Nein, Gott sei Dank. Es ist so eine Erleichterung, dass sie mich in Ruhe lassen."

„War dieser schreckliche Journalist wieder da?"

Ihr Gesichtsausdruck verdüsterte sich. „Die Journalisten lassen mich auch in Ruhe."

„Vielleicht ist die Polizei dem Mörder auf der Spur", sagte ich.

Sie legte ihren Stift beiseite und seufzte tief. „Das hoffe ich sehr. Ich habe das Gefühl, ich kann nicht mit meinem Leben weitermachen, bis sie es tun."

Ich setzte einen hoffentlich abwesenden Blick auf und schaute zur Decke. „Ich frage mich, wer es wohl war", sagte ich beiläufig.

Zu meiner Enttäuschung ging sie nicht darauf ein. Ich sah sie wieder an, und sie tippte auf ihrem Taschenrechner. Schließlich nannte sie mir einen Preis für die fertigen Vorhänge. „Wie klingt das für Sie?", fragte sie mich.

„Ja, das wäre in Ordnung", sagte ich. „Wie lange würde es dauern?"

„Normalerweise vierzehn Werktage", sagte sie. „Würde Ihnen das passen?"

„Ja, das ist in Ordnung. Soll ich jetzt bezahlen?"

„Normalerweise bitten wir um eine Anzahlung, aber Sie können auch jetzt schon bezahlen, wenn Sie möchten. Es liegt bei Ihnen."

Ich sagte, ich würde jetzt bezahlen. Ich erklärte ihr, dass ich die Vorhänge abholen würde, sobald sie fertig wären.

„Möchten Sie, dass ich Sie anrufe oder eine SMS schicke?"

„Beides wäre für mich in Ordnung", sagte ich. Ich beugte mich vor und sagte in verschwörerischem Ton:

„Ich hoffe, Sie halten mich nicht für seltsam, aber ich liebe es, Krimis im Fernsehen zu schauen. Seit ich erfahren habe, dass Ihr Ex-Mann in die Bande verwickelt war, versuche ich herauszufinden, wer der Mörder war."

Ich dachte, sie würde wütend oder zumindest ein wenig verärgert sein, aber stattdessen sah sie interessiert aus. „Wen vermuten Sie denn?"

„Die Zeitungen gingen von einem einzigen Mörder aus, jemand, der wieder zuschlagen könnte, aber dann fragte ich mich – was, wenn es zwei verschiedene Mörder waren?"

Ihr Kiefer klappte herunter. „Daran hatte ich noch gar nicht gedacht."

Ich saß schweigend da und wartete darauf, dass sie mehr sagte. Nach einem Moment oder so tat sie es. „Aber warum sollten die Leichen am selben Ort und auf genau die gleiche Weise ermordet worden sein, wenn es nicht derselbe Mörder war?"

Ich tippte mir ans Kinn und versuchte, nicht zu intensiv auszusehen. „Das mag eine seltsame Idee sein, aber mir kam der Gedanke, dass das zweite Opfer tatsächlich das erste Opfer ermordet hatte und dann das zweite Opfer aus Rache ermordet wurde."

Sie schien die Information zu verarbeiten. „Sie denken also, Todd hat Craig ermordet, und dann hat eine andere Person, ein zweiter Mörder, Todd aus Rache ermordet?"

Ich nickte. „Genau. Und wenn es ein Racheakt war, dann ist das vielleicht der Grund, warum der zweite Mörder Todd auf genau die gleiche Weise wie Craig ermordet hat, und auch am gleichen Ort – weil es ein Racheakt war."

„Ich nehme an, das ist möglich. Ich bin froh, dass ich das alles hinter mir gelassen habe." Donna schien das Interesse verloren zu haben. Sie schob mir meine Quittung über den Schreibtisch zu. „Ich werde Sie benachrichtigen, sobald Ihre Vorhänge fertig sind."

Ich dankte ihr. Ich stand auf und ging zur Vordertür. Jemand duckte sich hinter der Vordertür weg und eilte davon.

Ich drehte mich zu Donna um. „War das nicht die Friseurin, Daphne May, die gerade gegangen ist?"

Donna schien überrascht. „Oh, kennen Sie sie?"

Ich nickte. „Sie macht einer Freundin von mir die Haare."

„Ja, wir haben heute zusammen Mittagessen. Vielleicht dachte sie, ich wäre beschäftigt, und wollte mich nicht stören."

Ich lächelte und verabschiedete mich. Als ich den Laden verließ, war keine Spur von Daphne May zu sehen.

Es gab nur einen Grund, warum sie vor mir weggelaufen war. Sie hatte gehört, was ich gesagt hatte, und sie wusste, dass ich herausgefunden hatte, dass sie die Mörderin war.

KAPITEL 21

Auf dem Heimweg bildete ich mir ein, verfolgt zu werden. Oder vielleicht war es keine Einbildung. Ich sah zwar kein Auto hinter mir, aber es war ein schreckliches Gefühl. Vielleicht war ich einfach nur nervös, weil ich dachte, Daphne May hätte gehört, was ich gesagt hatte.

Oder hatte sie das? Vielleicht hatte sie mich dort gesehen und mich vom anderen Tag wiedererkannt. Nein, das ergab keinen Sinn. Sie hätte mich nicht von hinten erkannt. Sie musste gehört haben, was ich sagte.

Ich hatte Damon eine lange Sprachnachricht hinterlassen und ihm erklärt, dass ich Daphne May für die Mörderin hielt. Ich erläuterte meine Gründe.

Als ich zu Hause ankam, parkte ich am Vordertor und schaute hinter mich. Niemand war mir gefolgt, und es waren keine anderen Autos in Sicht.

Ich atmete erleichtert auf und griff in die

Werkzeugkiste nach einer Handvoll Heu. Mit meiner Handtasche in der einen und dem Heu in der anderen Hand ging ich auf mein Haus zu.

Plötzlich sprang Billy vor mir auf. „Du hast mich fast zu Tode erschreckt!", quietschte ich.

Sofort hielt ich ihm das Heu hin. Er kam näher und schnappte mit seinen Zähnen danach, so fest er konnte.

Auf diese Weise ging ich den Rest des Weges zu meinem Haus. Kurz bevor ich die Veranda erreichte, schaute ich über meine Schulter. Es war immer noch kein Auto in Sicht. Ich atmete erneut erleichtert auf. Vielleicht hatte Daphne May doch nicht herausgefunden, dass ich ihr auf der Spur war, oder sie dachte, ich hätte die Polizei angerufen und ihnen von meinem Verdacht erzählt.

Als ich die Tür öffnete, ließ mich ein schreckliches Geräusch zusammenzucken. Ich erkannte, dass es Mr. Crumbles war, der versuchte, durch das Fenster zu kommen, um Billy anzugreifen.

Meine Nerven waren wirklich angespannt. Ich überprüfte noch einmal mein Handy, um sicherzugehen, dass ich keinen Anruf von Damon verpasst hatte. Hatte ich nicht. Ich hatte jedoch eine Nachricht von Matilda verpasst, die schrieb, dass sie und Eleanor bald zu Hause sein würden.

Ich ging in die Küche und machte mir eine Tasse Wiesentee. Ich trug sie ins Wohnzimmer und stellte sie gerade auf den Tisch, als ein lautes Geräusch an der Tür ertönte.

Die Haustür flog auf. Da stand Daphne May im Türrahmen.

Mir brach der kalte Schweiß aus. Mein Herz raste. Ich rang nach Luft. „Was machst du hier?", piepste ich.

Sie schloss die Tür hinter sich, gerade rechtzeitig, um zu verhindern, dass Mr. Crumbles nach draußen lief.

„Wie bist du hergekommen?"

„Durch den Tunnel natürlich."

„Aber was ist mit dem Tor?"

„Ich habe einen Schlüssel", war alles, was sie sagte.

Sie machte einen Schritt auf mich zu. Ich trat einen Schritt zurück. „Bist du die Mörderin?", fragte ich.

„Von Todd Johnson? Ja." Sie fügte ein paar unhöfliche Worte hinzu.

„Aber warum?", fragte ich.

„Craig Williams und ich waren Liebhaber. Ich wollte Martin für ihn verlassen, aber Todd hat ihn ermordet. Er dachte, Craig würde Geld verstecken."

„Tat er das?"

„Ja, tatsächlich tat er das. Ich nahm an, Craig hätte Todd gesagt, wo es war, bevor Todd ihn tötete, weil Todd plötzlich zu Geld kam."

„Wusste dein Mann davon?", fragte ich sie.

Sie machte ein schreckliches Geräusch in ihrer Kehle, halb zwischen Pferdewiehern und Schweinegrunzen. „Natürlich nicht! Dieser

Dummkopf weiß gar nichts! Er liebt seinen Hund mehr als mich! Jedenfalls muss ich jetzt eine Weile mit ihm verheiratet bleiben, damit die Bullen keinen Verdacht schöpfen."

„Kommissar McCloud weiß, dass du es warst", sagte ich. „Er ist auf dem Weg, um dich zu verhaften."

„Sehe ich aus, als würde ich das glauben?" Sie gackerte. „Nein, ich habe dich erkannt, als du zum Friseur kamst."

Ich war verwirrt. „Aber wie?"

„Ich musste dieses Haus natürlich im Auge behalten, seit ich Todd ermordet habe", sagte sie. „Ich habe ihn kurz bevor du das Haus gekauft hast ermordet. Du hast alle meine Pläne zunichtegemacht! Ich wusste, dass dieses Amische Paar das Haus besaß, also dachte ich, ich wäre völlig sicher, wenn ich ihn dort ermorde, und ich habe nicht gesehen, dass das Haus zum Verkauf angeboten wurde."

„Das liegt daran, dass die Amische Person, von der ich es gekauft habe, meine Schwester ist", erklärte ich ihr.

„Ich wusste, wie du und deine beiden alten Freundinnen aussahen. Als du in den Salon kamst, dachte ich, ihr spielt Hobbydetektive. Stellt euch wohl als Miss Marple vor, was? Oder vielleicht Jessica Fletcher?" Sie hielt sich den Bauch und brach in schallendes Gelächter aus.

„Hast du Todd zuerst vergiftet?"

Sie nickte und zeigte mir dann ihre angespannten

Bizepse an einem Arm. „Ich mag zwar stark sein, aber ich war Todd nicht gewachsen. Ich erzählte ihm, ich hätte entdeckt, dass mein Mann eine große Geldsumme unter einem großen Felsen in der Grotte versteckt hatte. Ich sagte, ich sei nicht stark genug, um den Felsen zu bewegen, und bot ihm an, das Geld mit ihm zu teilen, wenn er es holen könnte. Der Dummkopf glaubte mir. Ich bestand darauf, dass wir ein Glas Champagner trinken, bevor ich es ihm zeigte. Ich wollte ihn schwächen, damit ich ihm sagen konnte, dass ich ihn aus Rache für Craig töten würde."

„Und deshalb hast du Todd auf genau die gleiche Weise ermordet wie Craig ermordet wurde."

„Ja, genau", sagte sie selbstgefällig.

Ich begann zu denken, dass sie ziemlich verrückt war. Ich schätzte die Entfernung zur Wand ab, wo die Waffen gehangen hatten, und erinnerte mich dann daran, dass Eleanor und Matilda sie versteckt hatten, bevor Kommissar Collins und Kommissar Wright neulich gekommen waren.

Ich hörte mein Handy auf dem Tisch piepen, auf den ich es geworfen hatte, und sah nach. Es war eine Sicherheitsbenachrichtigung, dass eine Person vor meinem Haus erkannt worden war. Na, da stimmte mit dem Timing des Systems wohl einiges nicht!

Daphne May zog eine Axt hervor, die sie hinten in ihrer Jeans versteckt hatte. Ich sah, dass sie Handschuhe trug. „Ich werde dich unter den Dielen zu den anderen legen", sagte sie.

„Aber die sind jetzt nicht mehr dort." Ich weiß, es war eine dumme Sache zu sagen, aber es war das Erste, was mir in den Sinn kam.

Sie sah etwas verwirrt aus. „Das wird die Polizei auf eine falsche Fährte locken. Sie werden denken, es sei ein Serienmörder."

„Aber ich habe der Polizei bereits gesagt, dass ich wusste, dass du es warst. Ich habe es der Polizei gesagt", wiederholte ich.

„Das glaube ich dir nicht, und es gibt überhaupt keine Beweise", sagte sie. „Ich bin nur eine einfache Friseurin. Ich habe versucht, meinem Mann die Schuld in die Schuhe zu schieben, aber das schien nicht zu funktionieren."

„Wie hast du versucht, ihm die Schuld zuzuschieben?" Ich wollte sie am Reden halten, bis Matilda und Eleanor nach Hause kamen.

„Weil er ein Rezept für Hydrocodon-Bitartrat für sein schlimmes Bein hat. Deshalb habe ich es bei Todd benutzt. Ich habe auch anonym bei der Polizei angerufen und behauptet, dass die Gangmitglieder noch zehn Millionen Dollar hätten. Ich hoffte, die Polizei würde Martin verdächtigen."

„Es ist seltsam, dass sie das nicht tun", sagte ich. „Aber andererseits hast du auch Zugang dazu, also ist es genauso wahrscheinlich, dass sie dich verdächtigen."

„Sie haben mich nicht zum Verhör vorgeladen, also glaube ich wirklich nicht, dass sie mich verdächtigen", sagte sie. „Und weißt du, wie schwer es ist, eine Mordanklage durchzubringen? Sie müssen viel mehr als nur Verdächtigungen haben."

Daphne May schwang die Axt und stürzte sich auf mich, gerade als sich die Tür öffnete. Sie wirbelte herum und sah Matilda in der Tür stehen. Sie machte einen Satz auf Matilda zu, aber Matilda und Eleanor sprangen beide hinein, wobei Matilda die Tür weit aufstieß.

Billy rannte ins Haus.

Sowohl Eleanor als auch Matilda hielten Heu in den Händen, also warf Billy mir einen bösen Blick zu. Er warf Daphne May ebenfalls einen bösen Blick zu, und sie war näher bei ihm als ich.

Er senkte den Kopf und griff an. Daphne May wich ihm gerade noch rechtzeitig aus, und seine Hörner krachten in die Couch. Während all das geschah, hatte ich irgendwie die Geistesgegenwart, zu Matilda zu rennen, die mir die Hälfte ihres Heubündels gab.

Daphne May war zweifellos wendig. Sie rappelte sich auf und sprintete zur Tür, aber Billy senkte erneut den Kopf für einen weiteren Angriff. Mr. Crumbles war eingeschlafen und lag oben auf der Kommode. Als er Billy vorbeirennen sah, wurde er wütend. Er sprang auf den Rücken des Ziegenbocks und grub seine Krallen ein, während der Bock an Geschwindigkeit zunahm.

Daphne May rannte schreiend aus dem Haus, mit Billy dicht hinter ihr, Mr. Crumbles immer noch auf seinem Rücken.

Matilda, Eleanor und ich kamen gerade rechtzeitig aus der Tür, um zu sehen, wie Billys Hörner mit Daphne Mays Hintern in Berührung kamen. Sie flog für einen Moment durch die Luft. Sie landete kopfüber in einem Busch, ihre Beine zeigten zum Himmel. Billy stand da, scharrte mit den Hufen und schnaubte sie an.

Plötzlich bemerkte ich Damons Auto. Ich hatte nicht einmal gesehen, wie er durch das Tor gefahren war. Er rannte zu mir herüber. „Jane, geht es dir gut?" Er zog mich in eine feste Umarmung.

Ich erwiderte seine Umarmung, ohne mich darum zu kümmern, wer zusah. „Daphne May wollte mich mit einer Axt ermorden", sagte ich. „Sie hat Todd ermordet, weil er Craig wegen des fehlenden Geldes umgebracht hatte. Sie und Craig hatten eine Affäre."

Ich drehte mich um und sah, dass Daphne May sich aus dem Busch befreit hatte. Sie war zu einem nahe gelegenen Baum gesprintet und hatte den unteren Teil erklommen. Sie war nur wenige Meter vom Boden entfernt. Billy stand auf seinen Hinterbeinen, die Vorderbeine auf den Baum gestützt, und versuchte sein Bestes, sie zu erreichen. Sie war nur wenige Zentimeter von seinen Hörnern entfernt.

Damon kicherte. „Sie wird dort sicher sein, bis die Detektive kommen", sagte er.

„Und diesmal war es nicht Mr. Crumbles, der Jane gerettet hat", sagte Matilda.

Eleanor widersprach. „Natürlich war es Mr.

Crumbles! Er ist auf Billys Rücken gesprungen und hat Billy schneller gemacht." Sie drückte Mr. Crumbles an sich. Er beäugte Billy und fauchte.

„Aber Mr. Crumbles hat sie nicht *technisch gesehen* gerettet", sagte Matilda. „Billy hätte sie sowieso gerettet."

„Aber Billy hat sie auf eine bessere Art gerettet, weil Mr. Crumbles dabei war! Du musst zugeben, dass Mr. Crumbles jedes Mal seine Pfote im Spiel hatte, wenn jemand versucht hat, Jane zu ermorden!"

„Manche Dinge ändern sich nie", flüsterte Damon mir ins Ohr, während er mich nach drinnen führte, hoffentlich um mir eine schöne Tasse heißen Tee zu machen und mir einen Kuchen voller Kohlenhydrate, Fett und anderen Dingen zu geben, die nicht gut für mich sind. Es war genau das, was ich brauchte.

KAPITEL 22

Ich hatte beschlossen, ein Picknick für Damon zu machen. Mr. Crumbles schlief jedoch ständig in dem Vintage-Korb ein, was bedeutete, dass ich die Schubkarre mit meinen Leckereien packen musste. Ich hatte altmodische Limonade gemacht – das Geheimnis ist, einen Zuckersirup herzustellen, damit der Zucker nicht am Boden schwimmt – und gegrillte Maiskolben. Matilda und Eleanor halfen mir auch.

„Der Weg zum Magen eines Mannes", sagte Eleanor zu mir, „führt durch sein Herz."

„Du meinst, der Weg zum Herzen eines Mannes führt durch seinen Magen", korrigierte Matilda sie.

„Ach so?" Eleanor sah nachdenklich aus, während Matilda und ich mit einer Gabel die Avocados zerdrückten. Ich wollte auch eine stückige Guacamole machen.

Es war schwer, Matilda von dem Reese's Peanut

Butter Fluff fernzuhalten. Wir verwendeten Frischkäse für die Struktur und Instant-Vanillepudding für die Dicke. Natürlich benutzten wir auch Erdnussbutter. Mein Lieblingsteil, abgesehen vom Essen des Fluffs, war das Einfalten der kleinen Reese's-Bonbons in die Mischung. Es war eine Herausforderung, das vor Matilda zu tun, die ständig versuchte, die Bonbons zu essen.

„Das ist nicht genug Essen für einen jungen Mann", sagte Eleanor und stemmte die Hände in die Hüften. „Wo ist der Kartoffelsalat? Wo sind die Nudeln? Wo ist der weiße Bohnen- und Broccolini-Salat?"

„Damon will kein Broccolini", schimpfte Matilda mit vollem Mund voller Erdnussbutter und Schokolade. „Er will Barbecue-Flügel."

„Wirklich?" Eleanor rieb sich das Kinn. „Nein, er ist zu dünn."

„Dünn?" Ich versuchte, nicht defensiv zu klingen. Damon war das perfekte Exemplar eines Mannes: breitschultrig, mit Armen, die jeden Athleten beschämen würden. Ich dachte an meine eigenen schlaffen Arme und schauderte. Trotzdem mochte er mich so, wie ich war, Speckröllchen und alles.

„Ich glaube nicht, dass er genug isst", erwiderte Eleanor. „Typisch für einen Junggesellen, von Tiefkühlkost zu leben."

„Damon hat eine wunderbare Ernährung", sagte ich, ohne zu wissen, ob das stimmte.

Eleanor schnaubte unhöflich. „Wenn sein Hintern

noch flacher wird, denkt irgendein Verschwörungs-theoretiker, es sei die Erde."

„Sein Hintern ist perfekt!"

„Jane, du darfst seinen Hintern nicht anschauen", tadelte mich Matilda. „Das gehört sich nicht."

Ich runzelte die Stirn. „Aber Eleanor hat es getan?"

„Eleanor ist eine ältere Jungfer, was bedeutet, dass sie tun kann, was sie will. Das ist der Vorteil des Alters, junge Jane. Niemand ist von irgendetwas beleidigt, was wir sagen oder tun."

„Aber ich bin beleidigt."

„Du würzt auch den Kartoffelsalat zu stark."

„Wir sollten auch zu diesem Picknick gehen", sagte Eleanor. Sie klatschte in die Hände, als hätte sie gerade eine brillante Idee.

„Nein", sagte ich. „Was? Nein. Auf keinen Fall."

„Wir müssen sicherstellen, dass dieser Mann isst", stimmte Matilda zu.

Eleanor nickte. „Wir müssen ihn aufpäppeln."

Matilda stimmte zu. „Absolut."

„Absolut nicht", korrigierte ich sie. „Ihr beide kommt nicht mit zu meinem romantischen Picknick mit meinem Fast-Freund. Er würde denken, ich sei die seltsamste Person der Welt."

„Wie sollen wir dann wissen, ob Damon genug gegessen hat?"

„Das werdet ihr nicht", sagte ich.

Eleanor sah hoffnungsvoll aus. „Ein Ernährungstagebuch?"

„Nein! Seid ihr beide verrückt geworden?"

Eine Minute später hielt ich eine Feder und ein Tintenfass in der Hand, eine Pergamentrolle unter dem Arm geklemmt. „Lasst mich das klarstellen", sagte ich. „Ihr wollt, dass ich jeden Bissen, den Damon McCloud bei unserem Picknick isst, mit dieser Feder aufzeichne?"

Matilda und Eleanor nickten.

„Diese Feder ist größer als mein Kopf", sagte ich, denn die Feder war wirklich größer als mein Kopf und hatte den knalligsten Pinkton, den man je gesehen hatte.

„Sie ist pink. Sie ist sehr feminin", sagte Eleanor.

Ich seufzte. „Wir sollten besser die Schubkarre packen, bevor Damon hier ankommt. Es könnte eine Weile dauern. Wir haben genug Essen für eine ganze Armee gemacht."

Damon kam kurz nachdem wir fertig gepackt hatten. Ich konnte Mr. Crumbles nirgendwo finden, nicht einmal im Picknickkorb, und ich wollte mich selbst dafür treten, dass ich ihn nicht früher mit seinen Lieblingsleckereien aus dem Korb gelockt hatte.

Hätte ich das getan, würde ich jetzt nicht neben Damon herlaufen, während er die Schubkarre zum Teich fuhr. Stattdessen würde ich kichernd einen Picknickkorb von meinen Armen schwingen, so entzückend und schön und charmant wie jemand aus „Unsere kleine Farm".

Zum Glück hatte Matilda darauf bestanden, dass ich ein Kleid trug, das sie in den Achtzigern getragen hatte, eines mit riesigen Ärmeln, sodass ich wie eine Schäferin aussah, die durch ein sonnendurchflutetes Feld hüpfte. Ich wusste, dass Damon das Kleid auch mochte. Er sah mich immer wieder an und grinste, während die Schubkarre über den unebenen Boden holperte.

„Ist dir aufgefallen, dass ich nicht gefragt habe, warum du eine Feder, ein Tintenfass und eine Pergamentrolle trägst?", sagte Damon.

„Das ist mir aufgefallen."

„Ich habe nicht gefragt, weil ich davon ausging, dass eine Erklärung folgen würde."

„Ich will es dir nicht sagen."

„Warum?"

„Weil es peinlich ist."

„Umso besser."

„Eleanor glaubt, du müsstest mehr essen, und sie will, dass ich ein Ernährungstagebuch führe."

„Von?"

„Von allem, was du isst." Nicht nur meine Wangen brannten, sondern auch meine Ohren.

„Von allem, was ich esse?" Damon lachte. „Matilda und Eleanor sind wirklich ein Traum."

„Ich glaube, das Wort, nach dem du suchst, ist Alptraum", grummelte ich.

„Warum laden wir sie nicht ein, Jane? Das würde viel mehr Sinn machen, als dass du aufschreibst, was ich esse, auf einer Pergamentrolle." Damon kicherte. „Immerhin hat Mr. Crumbles bereits beschlossen, sich uns anzuschließen."

Ich schaute über meine Schulter und erwartete, den kleinen Kater hinter uns über das Feld tapsen zu sehen. „Hat er das?"

„Schau!", nickte Damon in Richtung der Schubkarre, wo ein pelziger kleiner Schwanz unter der Picknickdecke hervorlugte. „Ich frage mich, ob er auch besorgt war, dass ich nicht genug esse."

„Oh, Mr. Crumbles glaubt, dass jemand auf dieser Welt nicht genug zu essen bekommt", sagte ich. „Nämlich er selbst."

Damon lachte.

„Du solltest sehen, wie er mir maunzend hinterherläuft. Als hätte er noch nie in seinem Leben etwas gegessen. Ich glaube, Mr. Crumbles denkt, wir lassen ihn verhungern."

Damon hörte auf, die Schubkarre zu schieben, hakte sich bei mir unter und führte mich über das Feld zurück zum Haus. Bald waren wir wieder bei der Schubkarre, aber diesmal hatten wir Matilda und Eleanor dabei. Der einzige Vorteil, sie abzuholen, war, dass ich die Feder, das Tintenfass und das Pergament zu Hause lassen konnte.

„Wir wollen uns nicht aufdrängen", sagte Matilda.

„Doch, das wollen wir", erwiderte Eleanor.

Bald lagen wir zu fünft – Mr. Crumbles eingeschlossen – auf der Picknickdecke ausgestreckt, die ich von meiner Großmutter geerbt hatte. Keiner von uns kam dazu, den Fluff zu probieren, weil Matilda die ganze Schüssel aufgegessen und dann praktisch sauber geleckt hatte. Zum Glück wollte niemand, dass ich ein Ernährungstagebuch für Matilda führe, denn sie hatte die Hälfte des Picknicks verschlungen, nachdem sie den ganzen Fluff gegessen hatte. Ich kam kaum hinterher! Aber sie war glücklich, und das ist alles, was zählt.

Mr. Crumbles war auch glücklich. Er saß am Teich und versuchte, eine Ente zu fangen. Natürlich versuchte er nicht wirklich, eine Ente zu fangen. Wenn eine in seine Nähe schwamm, sprang er vom Wasser weg und lief zu Damon, den er offensichtlich zu seinem Beschützer erkoren hatte.

„Also", sagte Eleanor, „seid ihr zwei in einer Liebesbeziehung?"

„Eine Liebesbeziehung?", lachte Damon. „Das ist eine sehr süße Art, es auszudrücken, Eleanor."

Ich errötete und dann errötete ich noch mehr. Damon sah mich an und zwinkerte.

„Ihr zwei gebt wirklich ein hübsches Paar ab", sagte Matilda. „War es Liebe auf den ersten Blick?"

Damons Augen funkelten. „Man könnte sagen, wir hatten eine sofortige Verbindung." Er steckte sich einen Schokoladencupcake in den Mund.

„Ich glaube, du meinst", erwiderte Matilda, „eine sofortige Konfekt-Bindung."

Wir alle lachten, außer Mr. Crumbles, der die Gelegenheit nutzte, um den Thunfischauflauf zu fressen, während wir alle abgelenkt waren.

Als ich dort am Wasser saß, der sanfte Wind in meinen Haaren spielte, dachte ich darüber nach, wie schwierig die Dinge manchmal erscheinen können, wie dunkel die Welt sich anfühlen kann. Wenn ich doch nur schon vor Jahren erkannt hätte, dass das beste Heilmittel gegen den dunklen Schatten, der manchmal mein Herz überzog, ein Picknick an der frischen Luft mit zwei liebenswerten Damen, einem sehr feinen Mann und einem frechen kleinen Kater namens Mr. Crumbles war.

Ich wusste in diesem Moment, dass am Ende immer alles gut wird.

ÜBER RUTH HARTZLER

Die USA Today-Bestsellerautorin Ruth Hartzler verbringt ihre Tage damit, zu schreiben, mit ihrem Hund spazieren zu gehen und darüber nachzudenken, wie man jemanden ermorden könnte. Das liegt daran, dass Ruth gemütliche Krimis schreibt.

Ruth ist auch für ihre Amish-Romane und archäologischen Abenteuer bekannt, in denen sie auf ihre frühere Karriere als Professorin für antike Sprachen und biblische Geschichte am College zurückgreift.

www.ruthhartzler.com

Printed in Poland
by Amazon Fulfillment
Poland Sp. z o.o., Wrocław

40157490R00132